※. 반드시 [0에 맞춰] 자우로 시작하기

모드	SP...		
Cut	2		MDF
Cut	2		아크릴
Cut	10	65	- 6mm MDF
Scan	150	12 ~ 20	- 3mm MDF ⇒ CUT (색칠)
Cut	200	10	- 3mm MDF ⇒ CUT (선으로)

※ 레이저 우측 상단에서 시작할 것
(좌측 하단은 레이저가 약...)

1mm { Speed 250
Power 2t

Hyperboloid
10mm

별숙계 → 별자리 가

제주 좋아

facebook.com / p

hyperbola

사공조아

휴대폰거치대

올리마제니
매달 생각해줘

I luv it ♥

약 13.6cm

20cm

옆면

the hit 2011

smartphone

충전기고정

60cm

약 10.2cm

약 17cm : 스마트폰길이 $17 \times \frac{3}{5} = \frac{51}{5}$

3:4:5 → 삼각 비율 $\times \frac{4}{5} = \frac{68}{5}$

기길

[취가 D-17] 집 가자 ♡

$$\vec{\nabla} = \frac{\partial}{\partial x}\hat{i} + \frac{\partial}{\partial y}\hat{j} + \frac{\partial}{\partial z}\hat{k}$$

배상민

ID+IM

ATD

구멍 크기?

새 상흥기곤

→ 사랑 판

→ 고래 기능

e-mail

양식

노래 재생 금지

90mm

블랙켄트지

70 / 200

speed	power
150	10

A4 색지

하드보드지 60 : 45 (50

20

레이저

NADH

포도당 → 피루브산 → TCA회로

ATP

CO_2

O_2

전자전달계

ATP CO_2

ATP H_2O

S	M	T	W	T	F	S
			제작	검토		
	Quit	β	β	휴식		
	결제	web	F·p			
	IMG				키가	

열일곱의 나눔 공작소

10대들의 톡톡 튀는 나눔학 개론

오유아이 Oui

차례

프롤로그

브라질 어느 숲에서 나비 한 마리가 팔랑, 날갯짓을 했다. 부드럽고 연약한 날갯짓. 한 번의 펄럭임. 그것이 미국 텍사스 지역에 토네이도를 발생시킬 수도 있다는 것을, 지금 막 날개를 펄럭이는 나비를 보는 순간에 생각할 수 있는 사람이 있을까?

나비 효과. 혼돈 이론에서는 초깃값의 미세한 차이에 따라 결과가 완전히 달라지는 현상을 뜻한다. 나비의 날갯짓처럼 사소한 사건이 시간이 지나면서 처음에는 상상도 못 했던 엄청난 결과로 이어진다는 의미이기도 하다. 그러니까 나비의 날갯짓 하나가 토네이도를 일으킬 수도 있다는 거다.

'더빛'이라는 모임이 있다. 영어로는 'THE BIT', 세종과학예술영재학교의 동아리 이름이다. bit는 '조금의'라는 뜻을 가진 영어 단어이다. 나비의 날갯짓처럼 소소한 느낌을 준다. 그런데 이 동아리가 추구하는 목표는 결코 소소해 보이지 않는다.

조그마한 마음을 지속적으로 나누어 따뜻한 세상을 만들겠다는 마음을 담고 있습니다. 또한, '빛'으로 발음되는 단어는 세상의 빛이 되어 밝히겠다는 마음을 담고 있습니다.

- 더빛 홈페이지에서

동아리 이름을 '더빛'으로 지은 까닭을 동아리 멤버들은 그렇게 설명한다. 조금 더 세세히 뜯어보면 이런 뜻이겠다. 아주 조그만 마음을 한 번, 두 번, 세 번…… 끊임없이 나누어 세상을 따뜻하게 만들고 싶다는 것. 그러니 더빛이 말하는 '조그마한 마음'은 세상에 보탬이 되는, 세상을 돕는 마음이다. '나'의 따스한 마음 하나를 '너'에게 건네는 것, 그렇게 수많은 '나'가 수많은 '너'에게 건네는 마음이다.

또한 '빛'의 마음을 뜻한다. 어둠을 밝히는 빛. 오랜 어둠을 걷어내는 데는 그리 거창한 빛이 필요한 게 아니다. 그저 작은 빛이면 된다. 아무리 짙은 어둠이라도 빛이 들면 한순간에 밝아진다. 그런 빛의 마음을 나누고 싶은 동아리가 더빛이다.

그렇다면 더빛은 무엇을 누구와 나눈다는 걸까?

'THE BIT'은 직접 디자인과 렌더링을 통해 설계한 제품을 제작하여 판매한 수익금을 전액 어린이 환우들에게 기부하여 세상을 밝히고 마음을 나누려는 노력을 계속해 나가고 있습니다.

- 더빛 홈페이지에서

그러니까 고등학생들이 지닌 재능과 노력으로 물건을 만들어 팔아서 그 수익금을 아픈 어린이들에게 기부하는 모임이다. "아무리 큰돈이라도 사람에게 일시의 기쁨조차 주지 못할 때가 있고, 단 한 공기의 식사이지만 사람에게 일생의 은혜로 감동을 줄 때도 있다." 채근담에 나오는 말이다. 이처럼 '단 한 공기의 식사'를 대접하는 마음으로 나눔을 실천하는 동아리 '더빛'을 만들고 운영하는 데 중심 역할을 한 사람은 다음 여섯 명이다.

박진 _ 악덕 업주. "나눔이 아름다운 건, 아무도 보지 않아도 누군가 하고 있기 때문이다."라는 말을 소중히 여긴다. 디자인과 제품 품질에 완벽을 추구하는 깐깐한 캐릭터. 동아리를 태동시키고 리더 역할을 맡은 다음부터 '최고 권력자'라는 별칭이 붙었다.

김진현 _ 비둘기. 정보나 소식을 전하는 전령을 상징하는 의미로서의 비둘기로, 동아리를 홍보하는 역할을 한다. 프랑스 문화의 엘레강스 정신을 바탕으로 동아리 웹 사이트를 '엘레강스'하게 디자인한 '자뻑의 왕'. 프랑스에서 디자인을 전공할 예정이라고. 영화 <죽은 시인의 사회>에서 키팅 선생이 들려준 "Carpe Diem, Seize the Day. Make Your Life Extraordinary(현재를 즐겨라. 삶을 특별하게 만들어라)."라는 말을 좋아한다.

김석희 _ 일개미. 인생 캐치프레이즈는 "Be Crazy!" 무엇이든 미쳐야 잘한다는 일념으로 미친 듯이 일한다. 포토샵, 하드웨어, 디자인까지 담당하여 더빛의 '대표 실세'로 통한다.

한상진 _ 염색 노예. 더빛에서 만드는 제품의 염색에 열정을 바치는 상진이에게 친구들이 보내는 찬사에서 나온 별명. 정작 본인은 제품 제작의 모든 과정에 참여하는 자신을 '다목적 노예'라고 칭한다.

조윤상 _ 해양 생물. 얼굴이 오징어를 닮았네, 홍합을 닮았네라는 소리를 듣던 터에 복어의 모습도 언뜻 보인다며 석희가 붙여 준 별명. 좌우명은 "그래? 까짓것 해 보지 뭐." 매사에 긍정적이고 무엇이든 받아들이는 밝은 성격 덕분에 더빛의 분위기 메이커이다. 늘 웃는 얼굴에 주변 사람들의 말투와 표정, 몸짓까지 맛깔나게 흉내 내는 재능이 달인급.

김지훈 _ 버튼 장인. 진지하고 성실한 장인의 풍모로 더빛 제품을 만든다. 특히 버튼을 찍어 내는 모습은 감탄을 자아낼 정도라 붙은 별명. "내가 하고 싶은 게 우선"이라는 당당한 자신감으로 살아간다. 취미가 협곡 탐험인 지훈은 지금 '나눔'이라는 계곡을 맹렬히 탐험 중이다.

1장

나누면 작아진다고?

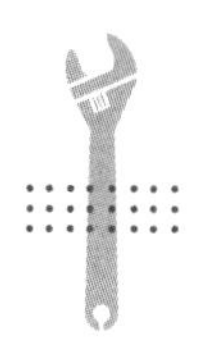

한번 해 보자, 어때?

영화 〈호빗〉 시리즈, 〈스타워즈〉 에피소드 1·2·3편, 〈신비한 동물사전〉이 갖는 공통점은 무엇일까. 어려운 문제는 아니다. 영화 마니아가 아니더라도 프리퀄 작품이라는 것쯤은 알 테니까. 〈호빗〉 시리즈는 〈반지의 제왕〉의, 〈스타워즈〉 에피소드 1·2·3편은 4·5·6편의, 〈신비한 동물사전〉은 〈해리포터〉 시리즈의 프리퀄이다. 다시 말해, 본편 또는 원작의 앞선 이야기를 다룬 작품들이다.

동아리 '더빛'이 탄생하고 활동한 시기를 중심으로 다룬 기록을 작품 본편으로 친다면, 이 경우에도 프리퀄이 존재한다. 제목은 'H마트 플리마켓'.

2016년 1학기가 끝나 갈 즈음의 일이었다. 기숙사 생활을 하는 학생들 대다수는 한 달에 한 번 집에 다녀오는데, 1학년 박진도 마찬가지였다. 주말에 집이 있는 인천에 갔다가 돌아오는 길에 세종시에 있는 H마트에 들러 저녁밥을 먹었다. 그리고 그 자리에서 우연히 플리마켓 소식을 담은 전단지를 받았다.

전단지를 들고서 학교까지 가며 진은 몇 시간 전까지는 상상도 하지 않았던 계획을 세우고 있었다. 한편으로는 오래 잊고 있었던 친구의 얼굴을 떠올렸다.

초등학교 1학년 때 친구. 여왕피구 놀이를 할 때 같은 팀이 되어 몸 사리지 않고 뛰던 친구였다. 여왕과 팀을 지키기 위해 서로 앞으로 나가 공을 맞기도 했다. 해맑고 쾌활한 성격으로 주변 사람들을 즐겁게 해 주던 그 친구는 하지만 언젠가부터 학교에 나오지 않았다. 담임 선생님은 그 친구가 아파서 당분간 치료를 받을 거라고 했다.

'며칠 기다리면 올 거야……. 몸이 나으면 오겠지.'

이런 진의 기다림과는 반대로 친구는 끝내 학교로 돌아오지 않았다. 그리고 한참 시간이 지난 뒤 그 친구가 하늘나라로 떠났다는 소식을 들었다. 진이 처음으로 맞닥뜨린 죽음이었다. 아직 어려 죽음과 이별이 무엇인지 생각해 보지 못했던 진에게 그것은 큰 충격이었다. 그러면서 또래 친구들이 누구나 다 건강하게 자라는 건 아니라는 사실을 알게 됐지만, 친구를 잃은 상실감은 쉽게 열어지지 않았다.

"진아, 너는 몸이 건강하고 갖고 싶은 걸 가질 수 있는 환경이지만 세상에는 그렇지 못한 아이들이 아주 많아. 아파도 가정형편이 어려워서 치료를 제대로 못 받는 아이들도 있어. 그러니까 늘 고마워하면서 함께 나누고 살아야 해."

그 친구가 죽었다는 이야기를 들은 부모님은 안타까워하면서 진에게 말했다. 진은 부모님의 당부를 들으며 흐릿하게나마 마음속으로 다짐을 했다. 어떤 식으로든 안타까운 처지에 있는 친구들을 돕겠다는 다짐이었다. 그 후 한 번씩 되새겨 보던 그 다짐이 그날 우연히 전단지를 받아 든 순간 생생하게 떠올랐다.

우리가 할 수 있는 일을 하자

"얘들아, 이거 한번 봐봐. 시험도 끝나고 한가한데 여기 나가 볼까?"

진은 친구들을 붙들고 말을 꺼냈다.

"……아이들은 힘이 없잖아. 아파도 집이 가난하면 제대로 치료를 못 받잖아. 그냥 아픈 채로 힘들어할 수밖에 없어. 나는 그렇게 힘들어하는 아이들을 도와주고 싶어."

무슨 물건을 어떻게 마련해서 팔지 아직은 뚜렷하게 잡히는 게 없었지만 벼룩시장에 나가 돈을 벌어서 실제로 누군가를 돕고 싶었다.

"우리는 뭔 힘이 있냐?"

"그래, 우리가 뭐라고 온 세상 어린이를 다 도울 수 있겠냐. 하지만 지금 할 수 있는 일을 찾아보자는 거지. 최선을 다해서 한 명이라도 도우면 그게 시작이잖아."

"그러니까 구체적으로 뭘 어떻게 하자는 거야?"

진은 머릿속에서만 맴도는 생각을 꺼내 놓았다.

"나도 아직 구체적인 계획이 있는 건 아니야. 그냥 우리가 배운 걸 활용할 수는 있겠다 싶은 거지. 우리 학교 특성을 살려서 말이야."

"물건을 만들어 보자고? 그걸 팔고?"

"바로 그거야! 팔아서 번 돈을 전부 기부하자는 거야. 얼마를 벌든지 상관없이 말이야."

세종과학예술영재학교는 과학영재학교에 '예술'이라는 낱말이 하나 더 붙은 학교이다. 그렇다고 본격적인 예술 교육을 따로 하는 건 아니다. 다만 수학과 과학을 공부하는 이과 전공 학생들에게 융합형 교육을 펼치겠다는 뜻이 이름에 담겨 있다. 진의 계획은 그런 특성을 가진 학교에서 자신들이 배운 걸 활용해 보자는 것이었다. 즉, 과학과 수학 재능을 살린 제품을 만들어서 판매하는 계획이었다.

"솔직히 우리 학교는 국가 지원을 많이 받잖아. 남들보다 훨씬 좋은 환경에서 공부하는 거라고. 그러니까 우리가 누리는 걸 조금이라도 사회에 돌려주는 게 맞다는 거지."

"오케이. 거창한 건 모르겠고, 일단 전액 기부한다는 게 마음에 든다. 포스터 같은 걸 만들어서 거기에다가 제품 설명이랑 전액 기부한다는 내용을 실으면 되겠네."

늘 진지한 지훈은 어느새 홍보 방안까지 떠올리며 진의 말에 동조했다. 다른 친구들도 진의 의견을 선뜻 받아들였다. 지훈도 그랬지만 다른 친구들도 전액 기부한다는 원칙에 마음이 이끌렸다. 지훈은 오히려 진이 같이 하자고 손을 내밀어 준 게 고마웠다.

석희는 특히 마음이 남달랐다. 진의 이야기를 듣고 있으려니 청각 장애인인 친척 한 사람이 떠올랐기 때문이다. 그 친척은 소리를 전혀 듣지 못하는 청각 장애 때문에 다른 사람들과의 의사소통에 어려움을 겪어 왔다. 그런 친척을 오랫동안 지켜보면서 석희는 비장애인으로서 장애를 가진 사람들에게 마음을 전하는 방법과 장애에 맞춰 특화된 편리 도구를 만들어 도울 수 있는 방법을 궁리해 왔다. 하지만 아직 학생이다 보니 재활원 같은 곳에서 봉사 활동을 하는 것 말고는 다른 방법을 찾기가 쉽지 않았다.

"실은 나도 그동안 내가 가진 장점과 환경을 활용해서 누군가를 돕고 싶었는데 딱 좋다! 한번 해 보자."

석희가 그렇게 마음을 보탰다.

아직 구체적인 실천 계획은 없지만 의기투합만은 훌륭하게 이루어졌다. 그날로 'H마트 플리마켓 프로젝트'를 시작한 진은 그로부터 한참 시간이 흐른 뒤, '더빛' 활동을 하며 아이디어를 기획하고 실행하는 원동력이 무엇이냐는 질문에 이렇게 대답했다.

크게 두 가지입니다. 첫째는 저를 믿고 함께해 주는 친구들이 가장 큰 원동력입니다. 외부의 칭찬보다 저를 믿고 제 판단을 존중해 주는 친구들에게 더 큰 책임감을 느끼고 초심을 돌아보게 됩니다. 그리고 우리의 작은 노력이 사회 전체를 바꾸지는 못해도 어려운 처지에 놓인 아픈 어린이들의 실정을 알리는 역할을 할 수 있다는 믿음이 또 다른 원동력입니다. 저는 나비 효과를 믿습니다. 우리의 작은 날갯짓이 언젠가는 사회를 따뜻하게 만들어 줄 움직임이 될 거라고 믿거든요.

2016년 여름을 앞둔 어느 날 세종과학예술영재학교에서 보드랍지만 큰 힘을 품은 나비 한 마리가 팔랑, 날개를 움직였다.

무엇을 팔까?

막상 플리마켓에 들고 나갈 제품을 만들려고 하니 막막했다. 이제는 머릿속에만 있는 생각이 실체를 갖추어 손바닥 위에 올라와야 할 차례였다. 진과 아이들은 먼저 미술 선생님을 만나 의논해 보기로 했다.

"핀터레스트라는 웹 사이트를 한번 살펴봐. 미술 시간에 가죽 공예 해 봤잖아. 너희가 배운 것과 다른 사람이 만든 작품이 어떻게 다른지 비교해 볼 수도 있고, 새로운 아이디어도 얻을 수 있을 거야."

미술 선생님의 조언은 결정적이었다. 다들 곧바로 핀터레스트에 접속했다. 핀터레스트는 이미지나 사진을 공유하고 검색하는 이미지 중심의 소셜 네트워크 서비스이다. 패션, 여행, 건축물, 예술을 비롯해 여러 카테고리로 되어 있고, 주제별로 사진을 볼 수 있다. 물론 진과 아이들이 선택한 카테고리는 가죽 공예 제품.

아이들은 얼마 전에 가죽으로 작은 노트를 제작하는 미술 수업을 받았다. 수업 내용은 가죽을 잘라서 염색하고 광택을 낸 다음 단추를 박는 것이었다. 진이 말한 대로 배운 것을 이용해서 제품을 만들자는 취지에도 걸맞았다.

웹 사이트에서 다양한 가죽 제품 사진을 살펴보던 친구들의 눈을 확 잡아끈 건 이어폰 케이스였다. 이어폰 줄을 감아서 깔끔하게 정리해 주는 제품 말이다. 그런데 가만히 살펴보니 사용하기 불편한 디자인이 흠이었다.

"이 제품을 우리가 개선해 보면 어떨까? 디자인을 바꿔서 더 쓸모 있게 만들어 보는 거야."

누가 먼저랄 것 없이 이렇게 첫 제품에 대한 의견이 나왔고 곧바로 가죽 이어폰 케이스로 결정됐다.

하지만 물건을 만들기 전에 해결해야 할 문제가 있었다. 좋은 생각과 솜씨만 있다고 물건을 만들 수 있는 건 아니니까. 어쩌면 현실적으로 가장 필요한 준비물, 그건 바로 재료였다. 재료를 마련할 돈과 제작에 몰두할 공간이 시급했다. 이번에도 미술 선생님을 찾을 수밖에 없었다.

"엠디에프MDF랑 가죽이 필요해요, 선생님. 염색약이랑 물감도요."

"다행히 학교에 재료가 다 있으니까 우선 그걸 써. 학기말이라서 사용할 일이 없으니까 빌려주는 거야. 작업은 본관 미술실 옆 공작실에서 하면 될 테고."

선생님은 이번에도 흔쾌히 방법을 가르쳐 주었다.

"고맙습니다. 우선 빌려 쓰고 나중에 꼭 갚겠습니다."

그렇게 해서 첫 작업의 발판이 마련됐다. 학교에서 빌려 쓴 재료는 수익금이 생기는 대로 갚기로 했다.

만들자!

이제 준비 완료. 진과 아이들은 제품 제작에 돌입했다. 가장 먼저 이어폰 케이스 시제품을 열다섯 종류로 제작했다. 핀터레스트에서 본 제품을 개선하는 일은 생각보다 쉽지 않았다. 시제품을 만드는 과정에서도 끝없이 새로운 아이디어가 나왔다.

"이어폰 줄 감기를 편하게 하는 게 가장 중요할 것 같아."

"감긴 줄을 잘 고정하는 것도 중요하지."

"디자인도 생각해 보자. 딱딱하게 각진 모양보다는 부드러운 곡선 디자인이 좋을 것 같은데?"

"우리 한복처럼?"

"그렇지!"

"그럼 케이스는 어떻게 고정해?"

회의 시간 따로, 제작 시간 따로 있는 게 아니었다. 아이디어가 나오면 곧장 시제품을 만들어 보면서 작업을 해 나갔다. 그리고 시제품을 만들 때마다 미술 선생님에게 보여 주고 조언을 구하는 것도 잊지 않았다. 한편으로는 시제품을 직접 사용해 보면서 불편한 점을 찾아냈다. 이렇게 찾아낸 단점을 보완해서 시제품을 만들고, 또 다른 단점을 찾아내서 보완하고 다시 만들고를 거듭했다.

"좀 밋밋한 것 같지 않냐? 겉에 무슨 그림이나 글귀를 새겨 넣으면 어떨까?"

"난 귀퉁이가 좀 거친 것 같아. 매끄럽게 만들면 좋겠어."

플리마켓 개장이 일주일 앞으로 다가왔을 때에는 아이들 모두 자기가 낼 수 있는 시간을 몽땅 제품 제작에 쏟아부어야 했다. 여름 방학을 앞둔 터라 단축 수업 중이어서 시간을 좀 더 확

보할 수 있었던 게 그나마 다행이었다.

수업을 마치고 나면 다들 공작실에 모여 각자 들고 온 노트북 컴퓨터를 켰다. 이어폰 케이스 외에도 서너 가지 제품을 더 만들어야 했다.

"이거 어때? 휴대폰 거치대인데 괜찮을 것 같아."

"기린 모양이네? 좋다. 다리 부분 디자인을 안정감 있게 가 보자. 그래야 무게를 버틸 것 같아."

"이런 걸 만들면 어떨까? 아이들이 퍼즐 좋아하잖아. 동물도 좋아하고. 이 둘을 결합해서 동물 퍼즐을 만들어 보는 거야."

"이건 어때? 연필과 명함을 같이 꽂을 수 있는 문구?"

온갖 사이트가 컴퓨터 화면에 떴다가 사라졌다. 여기저기 사이트를 뒤져 찾아낸 이미지와 아이디어를 결합한 제안이 튀어나왔다. 그렇게 나온 아이디어를 너도나도 도안으로 그려 냈다. 도안을 곧바로 레이저 커팅기로 뽑아 가며 단점을 보완해 나갔다. 아이디어가 쏟아져 나왔고 새벽까지도 레이저 커팅기가 돌아갔다.

"이어폰 케이스 고정은 청동 단추가 가장 잘 어울릴 것 같아. 이걸로 결정!"

모든 일이 그렇게 시원시원하게 진행되는 것만은 아니어서 사실 실수가 많았다. 같은 제품을 두고 긴 시간 의견을 주고받다 보니 설계도를 그리다가 깜박 잠이 들기도 했다. 디자인이 결정된 다음 그 디자인을 바탕으로 실제로 물건을 만들어 내는 과정에서도 시행착오가 되풀이됐다. 특히 가죽을 레이저 커팅기로 자르는 작업이 어려웠다.

"으악! 가죽이 탔어!"

"레이저 파워를 조절해야지! 스피드도 문제가 있네!"

"야, 그게 처음부터 딱딱 조절되냐? 나도 이러고 싶진 않았다고."

"이건 또 왜 이래? 고무관이 녹아내리잖아!"

아이들은 이렇게 레이저 커팅기 앞에서 맥 빠진 얼굴로 서로를 쳐다보기 일쑤였다. 그때마다 미술 선생님은 야단을 치기는커녕 아무렇지도 않게 레이저 커팅기 부속을 살피며 아이들을 격려했다.

"자 자, 얘들아. 너무 서두르지 말고 천천히 여유 있게 해. 처음 하는 일이니까 실수는 당연한 거야. 강약 조절을 다시 해 보자."

아이들은 기계를 들여다보는 선생님 뒤에 옹기종기 서서 미안함을 무릅쓰고 큰 소리로 외쳤다.

"예, 선생님!"

다가오는 여름보다 더 뜨거운 열기가 공작실에서 피어올랐다.

과연 우리 물건을 사 줄까?

스마트폰 거치대 '사파리Safari', 가죽 이어폰 케이스 '마이스터 케이스Meister case', '유아용 퍼즐Puzzle for kids', 명함 겸 연필꽂이 '메모리 홀더Memory holder'.

대망의 플리마켓 판매 제품이 결정됐다. 짧은 시간 안에 디자인을 끝내고 숱한 시행착오를 거쳐 제품을 만들어 내기까지 꼬박 닷새 밤낮이 걸렸다. 그러는 사이 어느 정도 일의 체계가 잡히고, 각자의 재능에 따라 역할 분담이 자연스럽게 이루어졌다.

지훈이 맡은 일은 이어폰 케이스 양쪽에 단추를 박는 것이었다. 가죽 자르기 → 염색하기 → 광택 내기 → 단추 달기 순서로 이어지는 이어폰 케이스 제작의 마지막 과정이었다. 뭐든 만들기 좋아하는 지훈은 집중력이 뛰어나서 일단 일을 시작하면 몰입도가 높았다. 작업 정확도 또한 높아서 나중에 '버튼 장인'이라는 별명이 붙을 정도였다. 석희는 가죽을 펴고 재단하고 레이저 커팅기로 자르는 일을 맡았다.

H마트 플리마켓에 물건을 낼 목표로 며칠을 뛰다 보니, 몸이 열 개라도 모자랄 지경이었다. 오로지 물건을 만들어 팔아 적은 액수라도 수익이 생기면 누군가를 돕겠다는 생각 하나만으로 일을 벌이고 추진한 진은 닥치는 대로 친구들의 작업을 거들고 회의를 이끌었다. 진은 작업의 전 과정을 총괄하는 역할을 맡아 일의 우선순위를 정하고, 효율적으로 일을 분담하고, 작업의

방향을 결정했다.

“처음이니까 너무 욕심내지 말자. 많이 팔릴 거라는 기대는 하지 말고 그냥 최선을 다하자.”

사실은 많이 팔고 싶어도 제품을 많이 만들 수 있는 처지가 아니었다. 퍼즐이 다섯 세트이고 나머지 세 가지 제품은 각각 이삼십 개쯤인데도 만들어 내는 데 힘이 부쳐서 고양이 손이라도 빌리고 싶을 정도였다. 실제로 작업 틈틈이 공작실을 드나드는 친구들을 붙잡고 도움을 요청하기도 했다.

“상진아, 시간 있으면 우리 좀 도와줘!”

“좋은 일에 시간 좀 써라, 상진아.”

가장 자주 공작실을 드나들던 상진은 친구들을 못 본 척할 수 없었다.

“대체 뭘 만드는데? 뭐 하러 만드는데?”

“만들어 보면 알지. 물건을 만들어서 팔아 어려운 사람들 돕는 데 쓸 거다. 좋은 일이야.”

만들기에 관심이 많은 상진으로서는 호기심이 나지 않을 수 없었다. 게다가 물건을 직접 만들어서 판 수익금을 기부한다는 데 마음이 끌렸다. 진과 다른 아이들이 일러스트레이터, 레이저 커팅기를 비롯해 온갖 기기를 잘 다루는 상진을 그냥 놔둘 리 없었다. 상진은 이미 일러스트레이터와 레이저 커팅기로 장난감 팽이를 만들어 봉사하는 곳에 기부할 만큼 실력도 있고 나누는 마음도 가진 능력자였다.

“아이디어가 끝내주는 제품을 직접 만들 거고, 그걸 팔아서 기부를 한다? 멋진데?”

상진은 그렇게 해서 어디선가 누군가 부르면 달려가는 ‘한 반장’이 되어 일손을 보탰다. 그런데 사실 상진이 H마트 플리마켓 프로젝트에 발을 들여놓게 된 결정적인 이유는 기린 모양을 본뜬 휴대폰 거치대 때문이었다.

“난 이거 정말 마음에 들어. 세상 어디에도 없는 물건이잖아. 학교 레이저 커팅기로 우리가 직접 만들었고 말이야. 나중에라도 이 경험을 살리면 좋겠다. 독창적인 아이디어 제품을 우리가 설계해서 우리가 만든다는 거, 생각만 해도 멋지잖아.”

만들기를 좋아하고 가진 것을 다른 이들과 함께 나누는 것을 좋아하는 친구들은 그렇게 새로운 역사를 만들어 갔다. 각자 잘하는 것과 하고 싶은 것에 집중하면서, 한편으로는 서로 도와 가며 며칠 밤과 낮을 몽땅 바쳤다.

마침내 플리마켓이 열리기 전날, 아이들은 그동안 애써 만든 제품을 보물처럼 챙겼다. 먼저 학교에 주말 외출 허락을 받고, 제품 설명서를 출력했다. 수익금 전액을 기부한다는 내용이 담긴 안내문 자료도 만들어 출력했다. 안내문은 MDF 판에 붙여 작은 이젤에 세워 두기로 했다.

“근데 값을 정해야겠네. 얼마에 팔지 말이야.”

"너무 비싸면 안 사 갈 거야."

"그러니까 얼마?"

"만 원을 넘기면 안 될 것 같아."

"그럼 퍼즐 제작이 제일 복잡한 일이니까 만 원을 받자. 그리고 이어폰 케이스랑 기린 모양 핸드폰 거치대는 5000원?"

"5000원 너무 비싸. 3000원."

"만들 때 우리가 들인 수고비는?"

"당연히 안 들어가지. 재능도 기부!"

그렇게 준비가 끝났다. 최선을 다했고 미련은 없었다. 말은 안 했지만 모두 똑같은 생각을 하고 있었다.

'과연 우리 물건이 팔릴까? 우리 물건을 누군가 사 줄까……?'

소중한 첫 경험

플리마켓 풍경이야 어디나 비슷하다. 판매하는 물건이 요란하지 않고, 규모도 소박하기 마련이다. 그렇다 해도 진과 친구들의 판매대는 소박하다 못해 초라해 보일 정도였다. 며칠 밤과 낮을 꼬박 투자했건만 막상 장을 펼치고 보니 살짝 주눅이 들 지경이었다. 퍼즐 다섯 세트에 나머지 제품은 각각 이삼십 개. 휑뎅그렁하기까지 했다.

"다른 판매대 물건이랑 우리 건 비교가 안 된다. 눈에 들어오지도 않을 것 같아."

"그러게……. 하지만 이게 최선이었잖아. 이런 제품을 디자인해 본 것도 처음이고 만들어 본 것도 처음이야. 어쩔 수 없지 뭐."

"맞아. 닷새 만에 이만큼 만든 것도 기적이다."

말은 그렇게 했지만 그마저도 팔릴지 걱정이 앞섰다.

"와, 떨리네. 누가 사기는 할까? 한 개라도 좋으니까 팔리면 좋겠다."

"한 개라니! 무조건 다 팔 거야. 어떻게든 팔아서 도움을 주고 싶어. 그러려고 시작한 일이고 그러려고 고생고생했잖아."

"마음이야 그런데…… 될까……?"

"될 거야! 걱정 마!"

걱정 반 기대 반 속에 드디어 플리마켓이 열렸다.

시간이 흐르자 제품 설명과 판매 수익금 용도가 적힌 안내문을 보고 한 사람 두 사람 관심을 보이기 시작했다. 진과 친구들은 있는 힘껏 손님을 모으고 제품을 설명했다. 행사를 주관한 H마트 관계자도 찾아와 진과 친구들을 대견스러워했다.

"그동안 여러 차례 플리마켓 행사를 열었지만 이렇게 뜻이 좋은 경우는 드물었던 것 같아요. 제품 품질도 아주 좋네요. 기분이 정말 좋습니다. 좋은 제품이니 나도 하나 사고 싶네요."

그러고는 사무실에서 사용한다며 휴대폰 거치대를 골라 들었다.

고등학생이 플리마켓에 참여한 모습이 새로워 보였는지 이것저것 물어보는 사람도 있었다.

"이렇게 참여하게 된 계기가 있나요? 수익금을 기부한다는데 그런 생각은 어떻게 하게 됐어요?"

진이 대표로 나서서 그 질문에 차분히 설명했다. 알고 보니 그 사람은 A통신사에서 나온 기자였다. 기자인 줄도 모르고 인터뷰를 한 셈인데, 아이들은 이튿날 인터넷 기사에 자신들의 이야기가 오른 것을 보고 모두 어리둥절했다. 괜히 부끄러우면서도 신기했다.

그런가 하면 제품을 꼼꼼히 살피고 뜻밖의 질문을 하는 사람도 있었다.

"퍼즐은 아이들이 좋아하는 건데 안전하게 만든 건가요?"

"예. 유아용 퍼즐이라서 모서리를 둥글게 처리하고 조각을 큼직하게 만들었습니다."

"내가 보기엔 아직도 좀 날카로운 것 같은데. 그리고 제품 재료로 쓴 MDF와 아크릴 물감은 인체에 해가 없나요? 냄새도 좀 나는 것 같고. 아이들이 가지고 놀아도 될지 걱정이 되는데요."

"……."

그 질문에는 모두 말문이 막히고 말았다. 그때는 미처 생각하지 못했던 점을 지적받고 쩔쩔맬 수밖에 없었지만, 시간이 지난 뒤에 돌아보니 좋은 약이 되었던 문제 제기였다. 그다음부터는 퍼즐을 제작할 때 모서리를 사포로 갈아 훨씬 뭉툭하게 만들었다. 아크릴 물감과 MDF 판은 대안을 찾기 어려워 계속 사용했지만 냄새는 최대한 없애는 방법을 찾아 개선했다. 디자인도 좋지만 안전이 더 중요한 문제라는 걸 깨달은 것이다.

멈추기 싫어

태어나서 처음 해 보는 경험과 처음 느끼는 마음과 처음 배우는 교훈을 안고 첫 판매를 마쳤다. 걱정했던 것과 달리 물건은 하나도 남김없이 다 팔렸다.

"드디어 완판! 이거 실화냐?"

"으아, 진짜 안 믿긴다."

"근데 좀 감동 먹었어. 사 주시는 분들한테 말이야."

그랬다. 제품이 훌륭해서 다 팔린 건 아니었다. 나누고 싶은 친구들의 진심을 읽고 기꺼이 사 주는 마음들이 모여 이뤄 낸 결과였다. '전액 기부'라는 안내문을 보고 가격은 아랑곳하지 않은 손님들이 대다수였다.

"가죽 이어폰 케이스 디자인이 예쁘고 참신하네요. 아이디어가 아주 좋아요. 다섯 개 살 테니까 주세요!"

혼자서 한꺼번에 다섯 개를 산 손님은 진과 친구들에게 큰 용기를 주었다. 물건을 만들어서 돈을 버는 일과 기꺼이 마음을 내어 사 주는 손님들의 마음이 합쳐져 나눔이 완성된다는 걸 깨달았다.

그런 과정을 거쳐서 친구들이 손에 쥔 돈은 13만 원. 부모님에게 용돈을 받아서 쓸 때는 몰랐던 뭉클한 보람 앞에서 아이들은 감격스럽게 서로의 얼굴을 바라보았다. 불과 며칠 전에 마음을 모으고 몸을 움직여서 시작하지 않았다면 결코 알지 못했을 새로운 세계 앞에 자신들이 서 있다는 사실을 깨닫고 모두 뿌듯해했다.

"우리 모두 애썼다. 근데 이 돈을 어디에 기부할지 아직 정하지 못했는데 어떡하지?"

진이 말했다. 다들 거기까지는 계획하지 않았던 터였다.

"그럼 내가 대표로 들고 가서 사회복지공동모금회 '사랑의 열매'에 기부할까? '사랑의 열매'에서 아픈 어린이들 치료비를 지원한다고 들었거든."

"그러자, 그럼. 진이 네가 갖고 가서 기부하고 와."

'사랑의 열매'는 진이 중학교 때부터 알던 단체였다. 그래서 벼룩시장에서 물건을 팔아 첫 수익금을 얻은 뒤 진의 머리에 그 단체가 자연스럽게 떠올랐다.

만약 그날의 활동을 바탕으로 동아리를 만들 계획이 있었다면 수익금을 남겨 두었을지도 모른다. 그런데 그때만 해도 별다른 구상이 없었기에 애초 목표한 대로 곧장 기부했다. 공식 기록은 남지 않았지만 진이 친구들과 힘을 모아 벌인 첫 기부였다.

진은 지금도 그날을 자세히 기억한다. 늘 그랬듯이 오송역에서 기차를 타고 용산역에 내린 뒤 지하철로 갈아타고 인천 집으로 갔던 길도 떠오른다. 집에 도착해서 부모님께 그동안의 일을 알린 다음 이튿날 '사랑의 열매'를 찾아갔다.

부모님과 함께 13만 원을 들고 가는 길, 친구들과 며칠 동안 밤새워 만든 제품을 목청껏 외쳐 가며 팔아서 돈을 모았고, 지금 그 돈을 기부한다는 생각에 가슴이 뜨거워졌다. 한편으로는 이 정도 액수로 아픈 아이들에게 얼마나 도움이 될까 하는 의구심도 들었다.

실제로 기부금을 가지고 액수의 많고 적음을 따질 사람은 없을 테니 의구심을 가질 필요도 없었다. 하지만 첫 기부를 하러 가는 길에 진이 가진 그 의구심이 동아리 더빛이 탄생한 계기가 되었음은 분명한 사실이다.

"이상하게 성에 차지 않는 거야. 이번에 한번 했다고 좋아할 게 아니라 일정한 금액을 지속적으로 기부하고 싶다는 생각이 들더라고."

학교로 돌아온 진이 기부 결과를 친구들과 나누며 자연스럽게 꺼낸 얘기였다. 친구들도 고개를 끄덕였다.

"나도 그래. 할 수만 있다면 학기마다 한 번씩 기부하면 좋겠어."

"적어도 100만 원은 되어야 하지 않을까?"

"그러게. 말 나온 김에 구체적으로 계획을 세워 볼까?"

"같이 모여서 계속 하려면 동아리를 만드는 것도 괜찮을 텐데……."

나눔, 한 번도 시도하지 않은 사람은 있어도 한 번으로 그친 사람은 없다는 일, 그 신비한 습관 속으로 친구들이 발을 내디딘 순간이었다.

2장

지금이 아니면 안 돼!

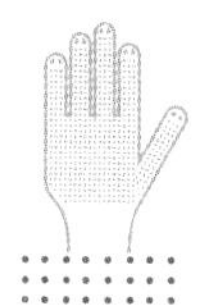

Go? Stop?

고등학생이 되어 처음 맞은 여름 방학. 진은 방학 내내 플리마켓 행사의 여운에 잠겨 있었다. 어려서부터 하고 싶었던 일에 막 한 걸음 다가섰는데 이대로 물러서고 싶지 않았다. 조직과 체계를 갖춰서 더 좋은 제품을 만든다면 아픈 어린이들에게 큰 도움이 될 거라는 생각이 머릿속에서 떠나지 않았다. 또 더 좋은 제품을 만들어 많이 파는 것도 좋지만, 되도록 많은 친구들과 함께할 때 나눔의 의미가 커진다는 생각도 들었다. 더욱이 관심을 기울이지 않으면 제대로 알기 힘든 아픈 어린이들의 실정을 널리 알려야 나눔의 가치가 더 커질 거라고 믿었다.

뜻이 아무리 좋아도 혼자서 하기는 힘든 일이었다. 재능과 마음을 보태 줄 친구들의 도움은 그래서 반드시 필요했다.

'그래, 정말로 동아리를 만들어 보자!'

진은 마음을 굳히고 친구들에게 의견을 물었다. 선뜻 해 보자고 나서는 친구도 있었고, 망설이는 친구도 있었다.

"어쩌지? 나는 힘들겠다. 2학기 때도 그냥 한 번 하는 행사라면 어떻게 해 보겠는데 정기적으로 계속 한다면 바빠서 안 될 것 같아……."

"나도 이미 활동하고 있는 동아리가 있어서 어렵겠다."

플리마켓 행사에 함께했던 동희, 두호, 성헌이 난색을 표했다. 그도 그럴 것이 학교에서는 한 사람이 자율 동아리에 몸담을 수 있는 개수를 제한하고 있었다. 그러니 무턱대고 동아리 활동을 권할 수도 없는 노릇이었다.

"같이 활동은 못 하지만 도안 파일은 그대로 넘겨줄게. 이걸 기본으로 해서 필요하면 수정해 가면서 써 봐."

도면을 작성하느라 무척이나 애를 쓴 동희와 성헌이 파일을 선뜻 넘겨주었다. 이 파일은 그 뒤로도 재료의 두께나 강도가 달라질 경우에만 조금씩 수정을 거쳤을 뿐, 제품의 크기와 비율은 원래대로 유지하며 요긴하게 쓰였다.

다행히 지훈과 상진은 플리마켓에 이어 동아리 활동도 함께 하겠다고 했다.

"내친김에 동아리 이름을 지어 보자."

진의 제안에 아이들은 서로 멀뚱멀뚱 쳐다보았다.

"벌써? 뭐라고 지어?"

"갑자기 지으려니까 생각이 안 나네. 어차피 나눔이 목적인 동아리니까 나눔이라는 메시지가 들어가면 좋을 것 같은데."

"나누기, 나누는 기쁨……."

"나눔이라는 단어가 들어가지 않으면서도 뜻이 살아 있는 이름은 없을까?"

다들 막막해하자 진이 마음속으로 되뇌던 이름을 넌지시 내놓았다.

"사실 생각해 둔 이름이 하나 있는데, '더빛'이라고."

"더빛?"

"응. 영어로 작다는 뜻으로도 볼 수 있고, 빛이라는 뜻도 되고. 우리의 작은 나눔이 세상의 빛이 되기를 바라는 마음을 담은 거야."

"음, 듣고 보니까 괜찮네. 빛이 어둠을 비추듯이 우리 동아리가 아픈 어린이들에게 희망이 되어 주고 싶다는 뜻?"

"바로 그거야. 이름에 우리 동아리의 비전도 함께 담고 싶거든. 나눔을 통해 따뜻한 세상을 만들려는 것 말이야."

"오케이! 나는 괜찮아!"

"좋네! 나도 좋아. 그걸로 하자!"

그래 가는 거야, 더빛!

동아리를 결성하기로 하고 이름까지 지었으니 이제 할 일은 동아리 회원을 모으는 것이었다. 플리마켓부터 동아리까지 같이 하게 된 사람은 진과 지훈, 상진이었다. 동아리를 만들려고 마음먹고 나니 포토샵과 디자인에 재능이 뛰어난 석희가 꼭 필요했고, 그 밖에도 두 친구가 눈에 들어왔다. 한 친구는 여러 기기를 능숙하게 다루는 윤상이고, 또 한 친구는 동아리를 널리 홍보하는 역할에 제격일 진현이었다. 진은 곧장 석희를 비롯해 두 친구를 차례로 만났다.

"솔직히 나는 내 또래 친구들이 다 나처럼 부족한 것 없이 자랐다고 생각했어. 그런데 어릴 때 친하게 지내던 친구가 병으로 세상을 떠나고부터 조금씩 알게 됐어. 누구나 나처럼 건강하게 자라는 건 아니라는 거, 가정 형편이 다 다르다는 거, 그래서 어떤 애들은 아파도 제대로 치료받지 못한다는 것도 말이야. 안 그래도 아이들은 경제 활동을 할 능력이 없고, 몸도 마음도 약해서 자기한테 닥친 문제를 직접 해결하지 못하잖아. 나는 지난번 플리마켓 행사를 하면서 우리의 노력으로 그런 아이들에게 힘이 될 수 있다는 가능성을 봤거든. 더 이상 망설일 이유가 없더라."

"그러니까 아픈 아이들을 돕자는 거지?"

석희는 진의 말을 끝까지 듣고 나서 물었다.

"응. 그중에서도 소아암 환자를 돕고 싶어."

"왜 굳이 소아암 환자야?"

"어디서 들었는데 소아암은 성인 암과 달라서 건강 검진이나 위내시경 같은 걸로 미리 발견하고 조처할 방법이 거의 없대. 암이 이미 진행된 단계에서 발견되는 경우가 많다는 거야. 근데 다행인 건 암을 조기에 발견하지 못하더라도 소아는 항암 치료나 약물로 완치되는 확률이 높은 편이래. 전체 소아암 치료 성공률이 60퍼센트 이상이라니까 말이야. 문제는 치료비가 없어서 치료를 못 받는 어린이들이 많다는 거야. 내가 소아암 환자를 돕고 싶은 것도 그 때문이고."

사실 나중에 더빛이 기부할 대상을 찾으면서 굳이 소아암 환자를 고집하지는 않게 되었다. 그 대신 가까운 지역의 저소득층 어린이 환자 치료비 지원으로 영역을 넓혔다. 어쨌든 석희, 윤상, 진현은 진의 말을 귀담아들었다.

석희도 아픈 어린이를 돕는다는 목적이 좋아서 플리마켓 활동에 참여했고, 솔직히 동아리까지 함께하고 싶은 마음이 굴뚝같았다. 하지만 앞으로 동아리 활동에 꾸준히 적극적으로 참여할 수 있을지 걱정이었다. 학교 수업도 점점 버겁게 느껴졌고, 이미 활동하고 있는 동아리도 여러 개였기 때문이다.

이래저래 고민이 됐지만 석희는 결국 진의 제안을 받아들이기로 했다. 무엇보다도 함께 실천하고자 하는 나눔의 가치를 외면하고 싶지 않았다. 또 자신이 가진 촬영 기술과 포토샵 기술,

기기를 다루는 재능이 이 일에 큰 도움이 될 터였다. 아무리 시간이 부족하다고 해도 쪼개면 시간을 낼 수 있고, 그 시간을 들여 좋은 일을 할 수 있다면 그것으로 충분하다고 믿었다.

"일단 하자! 난치병 어린이를 돕자는 방향과 목적만 보고 해 볼게!"

진현은 진의 이야기를 듣다 보니 중학교 때 봉사 활동을 한 복지 시설이 생각났다. 그리고 교회에서 장애인들과 함께 농구하는 봉사 활동 경험도 떠올랐다. 장애를 가진 친구들과 한 팀이 되어 농구 시합을 하다가 골을 넣었을 때 느낀 색다른 성취감을 진현은 익히 알고 있었다. 마음속 깊이 장애인과 비장애인의 경계를 허물었던 경험을 가진 진현에게 나눔을 위한 또 다른 봉사 활동은 큰 어려움으로 느껴지지 않았다.

"오케이! 마음에 들어. 그리고 난 바쁜 게 좋아. 고등학교에 오면 이것저것 다 해 보고 싶었어. 사실 이런 활동도 지금 아니면 언제 또 해 보겠냐. 하자!"

진현이 진을 만난 자리에서 시원스레 답했다면, 윤상은 진과 얘기를 나눈 뒤 기숙사로 가서 조용히 생각에 잠겼다. 난치병으로 고통받는 아이들이 많고, 그 아이들에게 도움의 손길이 필요하다는 얘기는 자주 들었다. 그럴 때마다 윤상은 어른이 되어 도울 수 있는 처지가 되면 힘을 보태야겠다고 다짐해 왔다.

'다짐은 그만, 이제 실천을 하자! 조윤상, 네 별명이 뭐야. 해

양 생물이잖아. 바다는 넓고, 수많은 생물을 보듬잖아. 내가 지금 가진 걸로 바다처럼 베풀어 보자고.'

마침내 '더빛'이라는 나눔의 배가 돛을 올리는 순간이었다. 석희, 진현, 윤상 모두 흔쾌히 진과 뜻을 같이하며 2학기가 시작됐다.

기대지 않고 스스로 알아서

'동아리 구성은 5명 이상의 부원과 지도 교사가 있어야 한다.'

동아리 설립에 대한 학교의 규정이었다. 구성원은 모아졌다. 지도 교사는 진의 활동에 공감해 온 담임 선생님이 흔쾌히 맡아 주겠다고 했다. 형식적인 뼈대가 갖춰진 셈이었다. 다음에 고민할 부분은 동아리의 정체성과 원칙, 곧 내용이었다.

나눔을 목적으로 하는 모임이 갖춰야 할 가장 중요한 요건은 무엇일까? 물질? 능력? 선한 마음? 또는 체력? 성격과 상황에 따라 조금씩 다를 뿐 정답은 없을 것이다. 아픈 어린이를 돕기로 뜻을 모은 동아리 더빛은 모임의 정체성을 '자발성'과 '독립성'으로 정했다. 더빛의 구성원은 강요가 아니라 처음부터 끝까지 스스로의 의지로 참여하며 그에 따른 책임을 질 것, 외부의 도움에 기대지 않고 자신의 힘으로 당당히 나아갈 것.

동아리 부장을 맡은 진은 그 원칙을 바탕으로 학교에 가장 먼저 이렇게 요청했다.

"저희는 학교의 예산과 지원을 받지 않고 독립하겠습니다. 그 대신 저희 동아리에 자율권을 주십시오."

아무래도 제품을 만들어야 하는 특성 때문에 예산이 필요한데 그 예산을 학교에서 지원받는다면 자칫 학교 돈을 동아리 이름으로 가져와 기부한다는 오해를 불러일으킬 수 있었다. 학교 돈으로 물건을 만들어 팔고, 그렇게 번 돈으로 기부하는 모양새는 아이들 모두 바라지 않았다. 지도 교사도 그 뜻을 존중해 주었다.

더빛은 독립 계좌를 개설하고 독립된 동아리 활동을 벌일 채비를 갖추었다. 선생님은 행정 처리와 내부 결재를 도와주고 동아리 운영 과정에서 생기는 문제를 상담해 주기로 했다. 그 밖의 일은 전적으로 부원들을 믿고 맡겼다.

그런데 아무리 독립적으로 활동한다는 원칙을 세웠더라도 학교라는 든든한 언덕이 없었다면 애초에 진행할 수 없는 일이었다. 레이저 커팅기를 비롯한 여러 기기, 그 기기들을 다룰 적절한 공간이 모두 믿고 기댈 언덕이었던 것.

레이저 커팅기를 사용할 때는 미리 '학교 본관 사용 신청'을 해야 했다. 일과 시간 이후에 본관을 사용할 때에는 반드시 교사가 함께 남아서 현장 지도를 해야 한다는 규칙도 있었다. 그래서 더빛은 도안을 미리 그려 놓고 레이저 커팅기 같은 기기를 꼭 써야 할 때에만 신속하게 본관을 이용했다. 나머지 작업은 되도록 기숙사에서 진행하며 학교와 선생님에게 폐를 끼치지 않으려 노력했다.

그럼에도 완전할 수는 없었다. 기숙사에서 작업을 할 때 주문이 많거나 시험 기간이 코앞으로 다가오거나 하면 사감 선생님에게 양해를 구해야 했다. 일이 밀려 어쩔 수 없이 밤을 새워야 할 때에는 사감 선생님 방에 모여 작업하기도 했다.

결정은 스스로, 책임은 기꺼이

더빛에 참여하기 위해 다른 동아리 활동을 그만둔 아이들도 있었다. 한 학생이 활동할 수 있는 동아리 수를 제한하는 교칙 때문이었다.

진현은 영문으로 된 논문을 읽고 토론하는 동아리를 그만두어야 했다. 그 동아리의 부장 선배에게 양해를 구했고 동아리 부원들과도 갈등 없이 잘 마무리했지만, 미안한 마음은 가슴 한편에 남아 있었다. 자신이 또 다른 동아리의 부장도 맡고 있어 동아리를 유지하는 원동력이 부원이라는 사실을 잘 알기 때문이었다.

윤상은 고민 끝에 현대물리 동아리를 그만두고 더빛에 합류했다. 더빛은 다른 동아리에 비해 시간을 더 많이 내야 할 것 같아 조금 망설였지만, 이내 함께하기로 결정했다. 나눔을 실천할 수 있는 기회를 놓치고 싶지 않아서였다.

석희도 사진 동아리를 비롯해 천문 동아리, 영상 동아리에서 활동하고 있었다. 더욱이 천문 동아리는 석희가 부장을 맡고 있었다. 더빛에 참여하느라 석희가 포기한 곳은 사진 동아리였다. 아쉬운 마음이 컸지만 사진 촬영은 관심을 갖고 시간을 투자하면 혼자서도 해 나갈 수 있다고 생각했다. 그에 비해 더빛은 여럿이 자발적으로 모여 하나의 목적을 향해 협동하는 기회를 얻을 수 있는 곳으로 여겨졌다. 석희는 각자의 재능을 모아 아픈 어린이들을 돕는다는 더빛의 목적이 동아리 활동의 취지에 더 맞다는 결론을 내렸다.

이처럼 어쩔 수 없이 동아리 활동을 정리한 친구들이 있는가 하면, 지훈처럼 여러 조건이 더빛 맞춤형으로 맞아떨어진 경우도 있었다. 지훈은 자율 동아리 한 곳에서 활동해 걸림돌이 없었다. 게다가 재능 나눔 경험도 있었다. 지훈은 수학 실력이 뛰어나 중학교 때부터 방과 후 도서관이나 교실에 남아 다른 친구들에게 수학 개념을 알려 주고, 수학 공부 방법을 상담해 주었다. 그 경험 덕분에 재능 기부의 장점을 누구보다 잘 알고 있었다. 자신 있고 잘하는 것으로 남을 돕는 일이기에 기쁜 마음으로 할 수 있다는 것. 지훈에게 더빛은 중학교 때부터 몸에 밴 재능 기부와 이어지는 가치였다.

지훈처럼 흔쾌히 참여했든, 활동하던 동아리를 그만두

고 합류했든 더빛 친구들의 생각은 같았다. 더빛에 참여하는 것은 순전히 자신의 의지로 결정한 일이라는 것. 그 과정에서 생기는 안타까움과 아쉬움을 기꺼이 감수한다는 것. 더빛에 참여할 때 그랬듯이 활동할 때에도 스스로 결정하고 스스로 책임질 마음의 준비를 갖춘다는 것.

하고 싶은 걸 즐겁게 하자

마침내 동아리라는 멍석이 펼쳐졌다. '하던 짓도 멍석 깔아 주면 안 한다.'라는 말은 그저 속담일 뿐, 더빛 친구들은 그 위에서 신나게 춤출 준비를 마쳤다. 본격적으로 제품을 구상하고 만들어 팔기, 무엇보다 그 일을 즐겁게 하기. 진은 회의도 즐겁게 하는 동아리를 만들고 싶었다. 그래서 도입한 회의 형식이 '비판 없는 브레인스토밍'이다.

브레인스토밍이란 하나의 문제를 두고 여럿이 의견을 내어 아이디어를 구상하는 회의 방법이다. 진이 비판 없는 브레인스토밍을 염두에 둔 건 개인적인 꿈과 경험에서 비롯된 것이었다. 진은 어릴 때 로봇 공학자를 꿈꾸었다. 그때 롤모델로 삼은 인물이 데니스 홍 교수였다.

데니스 홍 교수는 자연의 원리와 여러 학문을 융합하여 로봇을 개발하는 세계적인 공학자이다. 몇 년 전에는 무인 자동차를 시각 장애인이 운전할 수 있도록 개량해서 미국 언론에 크게 소개되기도 했다. 홍 교수는 화재 진압용, 재난 구조용 로봇을 개발하며 로봇과 인간의 아름다운 공존과 따뜻한 기술을 고민하는 공학자로 인정받고 있다.

진은 데니스 홍 교수의 강연을 듣고 난 뒤 이메일을 주고받기도 했다. 홍 교수는 강연할 때마다 비판 없는 브레인스토밍을 강조했다. 비판 없는 브레인스토밍이 로봇 연구실의 기본 원칙이자 원동력이라고 했다. 어떤 방송 프로그램에 출연했을 때 비판 없는 브레인스토밍의 원칙과 효과를 이렇게 설명했다.

브레인스토밍 토론 전에 황금의 룰을 정하고 시작합니다. 다른 사람의 의견을 비판할 수 없다는 룰입니다. 아무리 황당한 얘기를 해도 아무도 비판해서는 안 됩니다. 그 룰을 한 사람이라도 어기면 퇴장해야 합니다. 그럼 신기한 일이 일어납니다. 갑자기 교실이 창의적인 에너지로 꽉 차죠. 별별 황당한 이야기들이 학생들의 입에서 폭포수처럼 쏟아집니다. 이런 토론을 한번 경험하고 나면 학생들의 생각이 달라집니다. 처음엔 말도 안 된다고 생각했는데 나중에 보면 기가 막힌 아이디어가 하나씩 나옵니다. 그걸 포착하는 게 창의적인 것이기도 합니다.

물론 더빛 회의 중에 퇴장당한 사람은 나오지 않았다. 여섯 명이 모여 디자인 회의를 해도 의견 충돌은 거의 없었다. 비판 없는 브레인스토밍 원칙에 따라 떠오르는 아이디어는 모두 공유하고, 어떤 이유로도 서로 비판하지 않으려고 노력했다.

"새로운 제품을 만들려면 새로운 아이디어가 있어야지!"

"그동안 존재하지 않았고, 일상생활에 도움이 되는 아이디어로!"

"으아, 창작의 고통!"

"이거 봐. 인터넷에 이런 게 있는데 한번 해 볼까?"

아이디어를 선택하고, 선택한 아이디어를 수정하고, 새로운 제품을 기획하고, 염색할 사람이나 가죽 자를 사람을 정하고, 제품을 만들고……. 이렇게 회의에서 제작까지 무척 활발하게 아이디어가 교류되었다.

"동아리 방을 환상적으로 꾸며 볼까? 내가 배치도를 한번 그려 봤는데 말이야, 이쪽에다가 선반을 설치하고……."

가끔 이렇게 느닷없는 이야기가 나올 때도 있었지만 그마저도 즐거웠다. 기숙사 생활까지 같이 하다 보니 날이 갈수록 멤버들의 유대감은 더 끈끈해졌다.

회의와 기획 과정보다는 주문이 한꺼번에 밀려들 때가 오히려 힘들었다. 주문은 주말에 각자 집으로 돌아갔을 때 받아 오는 일이 많았다. 처음에는 진이 받아 온 주문량이 가장 많았다. 부모님을 비롯해 아는 사람들에게 활발한 영업을 펼친 덕분이었다.

동아리 페이스북 페이지도 홍보 역할을 톡톡히 했다. 시간이 흐르고 차츰 입소문이 나면서 주문량도 꾸준히 늘었다. 주문량이 많을 때에는 여섯이서 정해진 시간 안에 만들어 내기가 이만저만 힘든 게 아니었다. 수업을 듣고 과제를 하고 나서 남는 시간에 일에 매달려야 하니 밤을 새우기 일쑤였다.

배운 걸 쓰고 싶어

누군가는 묻는다. 왜 사서 고생을 하느냐고. 대한민국에서 가장 바쁜 집단 가운데 하나가 고등학생이라는 건 누구나 다 아는 사실이다. 그런데도 시간과 체력과 재능을 집중 투자해야 하는 일을 왜 굳이 벌이려는 거냐고 묻는다. 지금 당장 학업에 도움이 되는 것도 아니고, 입시에 유리한 것도 아닌데 말이다. 그리고 여러 봉사 활동도 있는데 왜 하필 물건을 직접 만들어 팔아서 남을 돕고 싶어 하는지도 궁금해한다.

실제로 고등학생 신분으로 할 수 있는 다른 봉사 활동도 많다. 이를테면 자연 보호 활동, 지역 어린이집에서 아이들과 함께 문화 체험하기, 점자 도서관에서 낭독하기, 헌혈하기, 행사 운영 보조, 청소, 독거노인 후원 물품 전달, 타이핑 등 다양하다.

그 물음에 진은 이렇게 답했다.

도움이 필요한 곳에 직접 찾아가서 봉사 활동을 하는 것도 가치 있는 일입니다. 하지만 우리는 치료비가 부족한 아이들을 직접 지원하고 싶었어요. 그러자면 기부금을 마련해야 하고, 그래서 제품을 만들어서 팔 계획을 세웠던 겁니다.

진현은 좀 더 현실적인 이유를 들었다.

저는 무엇이든지 한번 시작한 활동은 지속적으로 하는 것이 중요하다고 생각합니다. 나눔도 마찬가지입니다. 우리 학교는 전교생이 기숙사 생활을 하기 때문에 마음대로 외출을 할 수가 없어요. 주말에만 외출할 수 있죠. 어디든 가서 봉사 활동을 하려면 주말에만 가능한 거예요. 그러면 학교 과제나 개인 일정 때문에 지속적으로 활동을 이어 가기가 어렵습니다. 하지만 직접 제품을 제작하여 웹 사이트에서 이메일로 주문받아 팔고 그 수익금을 기부하는 방식이라면 수업이 없는 공강 시간이나 점심시간을 이용할 수 있어요. 융통성 있게 시간을 쓸 수 있다는 게 큰 장점이죠.

석희의 대답까지 듣고 나면 사서 고생하는 게 아니라 효율적으로 활동하기 위한 방법이라는 걸 확인하기에 이른다.

진현이 말대로 학교 밖 외출이 힘든 편이라 이동하는 데 시간이 걸리는 외부 봉사 활동은 부담이 되는 게 사실입니다. 그런데 우리 활동은 수업 시간에 배운 제품 디자인과 학교 기자재를 활용해서 나눔을 실천하는 방식이어서 오히려 괜찮아요.

세종과학예술영재학교는 교육청으로부터 많은 지원을 받는 학교 가운데 하나이다. 더빛 친구들은 자신들이 넉넉한 지원과 좋은 환경에서 공부하고 있다는 사실을 잘 알고 있다. 학교에 있는 물품과 기자재를 이용해서 나눔을 실천하는 것일 뿐 여느 봉사 활동과 다르지 않다고 여긴다. 제품 디자인이며 기기 사용법이 모두 수업 시간에 익힌 것이니 그저 배운 것을 잘 활용할 따름인 것이다.

학교 밖의 학교

목표에 관심을 갖고 집중하면 배우고 응용할 게 자연스럽게 눈에 들어온다. 더빛에 영감을 준 카이스트 배상민 교수의 'ID+IM 디자인 연구실'을 예로 들 수 있다. 배상민 교수는 미국 파슨스 디자인 스쿨 최연소 교수로 재직했고, 지금은 카이스트에서 강의하고 있다.

배상민 교수가 이끄는 ID+IM 디자인 연구실은 과학과 접목한 제품을 디자인하고 판매하여 얻은 수익금을 아프리카 환경 개척 기금으로 사용한다. ID+IM은 'I Dream+Design+Donate Therefore I am'의 줄임말로, '나는 꿈꾸고 디자인하고 기부한다. 그러므로 나는 존재한다.'라는 뜻이다. ID+IM 디자인 연구실에서 내놓는 작품을 살펴보면 더빛이 어떤 영향을 받았는지 짐작할 수 있다. 예를 들어 '딜라이트'라는 LED 조명은 사용하는 사람의 취향에 따라 스탠드의 갓 부분을 여러 모양으로 바꿀 수 있는데, 마지막에는 하트 모양이 된다. 그 하트는 나눔을 의미하기도 한다. 또 모기 퇴치 스프레이는 말라리아를 옮기는 모기 때문에 고통받는 아프리카 사람들을 떠올리며 만든 것이다.

텔레비전에서 배상민 교수와 디자인 연구실을 본 더빛 친구들은 디자인으로 세상을 변화시킬 수 있다는 걸 실감했다.

"멋있다! 디자인이라는 게 무조건 예쁜 것만 추구하는 건 아니네."

"디자인과 과학이 잘만 만나면 예술 작품이면서 실용성을 갖추게 되잖아."

"한 가지 더. 나눔이라는 주제까지 더해지니 완전 우리가 꿈꾸는 차원이야!"

더빛 친구들은 과학 기술에 나눔이라는 주제를 품은 배상민 교수의 활동에 영향을 받아, '어린이', '나눔', '함께하는 사회'라는 주제를 더빛 제품에 담기로 뜻을 모았다.

재능을 펼쳐라

동아리의 큰 틀을 정한 다음 제품 제작에 들어가자 학교에서 배운 지식에 더해 각자가 가진 재능이 빛을 내기 시작했다.

디자인과 포토샵은 석희가 담당했다. 석희는 지구과학, 생명과학 분야의 진로를 희망하며 지질학을 전공하고자 한다. 오래 전부터 취미로 천체 사진을 찍으며 사진을 보정하는 포토샵 기술까지 익혔다. 디자인 또한 초등학교 때부터 독학으로 익혔는데 더빛에서 제대로 쓰이게 되었다. 석희는 제품 도면을 작성하는 틈틈이 더빛 친구들의 활동 모습을 사진으로 남기는 일도 했다. 동아리 포스터를 비롯해 초기 홈페이지에 실린 친구들의 초상화도 석희의 작품이었다.

일러스트레이터란 주로 도면을 그리고 뽑는 프로그램을 일컫는다. 레이저 커팅기는 레이저를 사용하여 가죽과 나무 판, 아크릴 따위를 원하는 모양으로 자르는 기계이다. 상진과 윤상이 그 두 가지를 가장 잘 다루었다. 윤상이 레이저 커팅기를 다룬 것은 고등학교에 입학한 뒤부터였다. 미술 수업 수행 평가로 제품을 디자인하면서 자연스럽게 배웠는데, 동아리 활동을 하면서 더 능숙하게 다루게 되었다. 배운 것으로 나눔 활동을 하고, 나눔 활동을 하며 배움을 더 심화한 경우이다. 뭐든 만드는 일을 좋아하고 갈수록 기계공학에 관심이 커진다는 윤상이고 보면 타고난 솜씨도 한몫한 것 같다.

그런가 하면 진현은 자타 공인 홍보 담당자이다. 진현은 동아리 소개와 진행 중인 나눔 활동을 알리는 것은 물론이고 제품 주문까지 할 수 있는 웹 사이트를 만들었다. 더빛 기획 회의가 끝나면 핀터레스트를 비롯하여 애플, 애버크롬비, 프레드페리 같은 외국 기업 사이트를 훑어보며 제품을 홍보하는 방식을 연구했다.

그렇지만 역할 분담이 확실하고 작업의 경계가 아주 뚜렷한 건 아니었다. 실질적으로는 모든 과정에 부원들이 함께했다. 디자인 회의를 거쳐 제품을 구상해서 만들고 판매하기까지 다 함께 매달렸다.

모든 부원들과 두루 친하고 각자의 장점을 잘 파악하고 있는 진을 비롯해 제품 제작 전반에 관여하며 고루 힘을 실어 준 지훈까지 다들 맡은 일에 최선을 다했다. 누군가 갑자기 일이 생겨 작업을 함께 하지 못하면 언제라도 기꺼이 대타가 되어 주었다.

주말은 반납, 밤잠도 반납

여느 학교와 마찬가지로 세종과학예술영재학교의 시간도 바쁘고 바쁘게 흘러간다. 학생들이 수강하는 과목 수가 많고, 6주에 한 번씩 정기 고사를 치르기 때문이다. 게다가 학기 중간중간 보고서나 프로젝트 같은 수행 평가가 많아서 학교 일정을 따라가는 것만 해도 빠듯하다.

더빛 친구들이라고 해서 특별히 시간이 많을 리 없다. 자칫하면 시간에 쫓겨 신경이 날카로워질 수도 있다. 그래서 더빛은 시험 기간에는 작업을 하지 않고, 조금 한가한 기간에 집중하기로 원칙을 세웠다. 주문이 들어오지 않은 기간에는 새로운 제품을 디자인하고, 주문이 들어오면 주말 자유 시간과 주중 하루쯤

자습 시간에 신속하게 제품을 제작하고 배송하도록 체계를 갖추어 나갔다. 이렇게 원칙을 세우고도 그때그때 융통성 있게 시간 계획을 세우지 않으면 안 됐다.

"너희는 같은 반이니까 함께 움직이는 게 쉽잖아. 숫자는 너희가 많지만 이번엔 우리 시간에 좀 맞춰 줘라."

진현과 상진을 뺀 넷이 같은 반이었다. 넷은 과제 기간이 비슷해서 같은 시간대에 틈을 낼 수 있었지만, 진현과 상진의 일정을 우선해서 활동 시간을 짤 수밖에 없었다.

"난 이번에는 도저히 안 되겠어. 과제만 얼른 끝내고 합류할 테니까 너희가 고생 좀 해라."

"걱정 말고 과제나 빨리 끝내. 그리고 나중에 떡볶이 사 주면 안 잡아먹지!"

어쩔 수 없이 누군가 빠지는 날에는 나머지 멤버들이 빈자리를 채웠다. 그렇지만 대부분은 여섯이 함께 모여 일했다.

"얘들아, 오늘 잠은 다 잤다. 주말에 집에서 각자 주문받아 온 거에 페이스북으로 주문받은 거, 거기에다가 시험 때문에 미뤄 뒀던 걸 다 합치니까 장난이 아닌걸? 이어폰 케이스만 300개 넘게 만들어야 해."

"으아, 진짜 죽음이네. 그걸 한꺼번에 다 만든다니……. 근데 그 많은 걸 어디서 다 만드냐?"

"116호!"

"사감 선생님 방? 빌려주신대?"

"응. 어차피 오늘 다 만들어야 하잖아. 그래야 배송을 하지. 선생님도 오늘밤만 방 빌려주신댔어."

"야, 바로 시작하자. 부지런히 하면 12시 전에는 끝나지 않을까?"

"꿈 깨!"

세상의 웬만한 일은 하면 할수록 능숙해지고 빨라진다. 같은 일을 되풀이해서 하는 거라면 더더욱 그렇다. 더빛 작업도 마찬가지였다. 처음 디자인을 구상하느라 웹 사이트를 샅샅이 뒤지고, 어렵게 제품을 고르고, 디자인을 수정하고, 시제품 제작을 할 때만 해도 미지의 세계를 탐험하는 느낌이었다. 과연 더빛이 제대로 가고 있는지 의심스러운 마음과 결과가 어떻게 나올지 기대하는 마음이 번갈아 들었다. 어쩌면 더빛 제품에 관심을 가지는 사람이 한 사람도 없을지 모른다는 불안과 주문이 밀려들어서 공장을 차려야 할지도 모른다는 즐거운 상상이 교차했다. 차츰 시간이 흐르고 경험이 쌓이면서 그런 의심과 불안, 기대와 상상은 예측 가능한 현실로 바뀌어 갔다.

어떤 밤

아무리 겪어도 처음 겪는 것처럼 힘겨운 일이 있다. 아무리 마음의 준비를 철저히 하고 시작해도 몸이 먼저 무력해진다. 잠!

잠에 저항하는 일이 그것이다. 잠에 취해 내려앉는 눈꺼풀만큼 무거운 게 세상에 또 있을까?

10시까지는 팔팔했다. 말장난이 난무하고 노랫소리가 끊이지 않았다. 12시까지도 그럭저럭 괜찮았다. 그때까지는 더빛 작업이 없어도 다들 웬만하면 깨어 있는 시간이었다. 주말 밤이면 일찍 잠자리에 드는 게 괜히 아깝고 아쉬워 잠이 와도 눈을 부릅뜨고 버틸 시간이었다.

그런데 새벽 2시가 넘어가면서 뭔가 달라지기 시작했다. 손이 무겁고 느낌이 둔해졌다. 다들 눈에 띄게 말수가 줄어들었다. 누가 한마디 던져도 반응하는 속도가 확 떨어졌다. 평소라면 빛나는 감각으로 받아치기를 할 텐데 '아재' 같은 소리가 튀어나왔다. 그나마 그걸 제때 알아차린 친구는 야유를 보냈지만, 왜 야유가 나오는지 이해를 못 해 눈만 끔벅거리는 친구도 있었다.

시간이 더 흐르면서 이제 웬만한 소리는 다 자장가로 들렸다. 그것도 비몽사몽간에 들리는 자장가 소리. 집중력이 엄청나게 떨어져서 마시던 물컵에 손등이 저절로 부딪혀 물을 엎지를 뻔하기도 했다. 바닥에 아크릴 물감이 쏟아져도 아무도 눈치채지 못할 정도였다.

졸음이 쏟아지는 몸으로 가죽을 자르고, 염색하고, 단추를 박고 포장을 했다. 마침내 작업을 마무리한 게 새벽 4시.

"나 좀 쉴게."

윤상이 매트리스도 없는 침대에 털썩 몸을 던졌다. 그러고는 날이 환히 밝을 때까지 일어나지 못했다. 눕자마자 곯아떨어지는 윤상을 힐끗 보며 진현은 속으로 중얼거렸다.

"끝났다. 해냈다. 자자."

누군가 방문을 열고 나가며 혼잣말을 했다.

"뭐야, 지금 날 밝으려고 하는 거 실화냐?"

그렇게 황금 같은 주말을 모조리 바치고 어려운 시험을 끝낸 것처럼 홀가분한 마음으로 등교했더니 사감 선생님의 불호령이 아이들을 기다리고 있었다.

"방 꼴이 그게 뭐야! 그렇게 지저분한 방은 내 생전 처음 봤다. 당장 안 치우면 다음은 없어!"

사감 선생님의 호통에 멤버들은 또 우르르 간밤에 작업했던 사감 선생님 방으로 몰려갔다. 말할 것도 없이 난장판이었다. 무엇보다 바닥에 흘러서 말라붙어 버린 아크릴 물감을 보니 아득해졌다.

"어떡하냐?"

"어떡하긴, 떼어야지."

두어 시간 눈 붙인 게 다인데, 다시 옹기종기 모여 앉아 새로운 작업을 시작했다.

"아이고, 이런 걸 지금 아니면 언제 해 보겠냐. 깨끗이 해, 깨끗이."

"너나 잘해. 너는 말할 기운이 남았냐?"

"그러는 넌?"

시간이 그렇게 흘러갔다. 이래저래 유난히 시간과 공을 들여야 하는 동아리였지만, 이상하게 아무도 그만두고 싶어 하지 않았다. 아니, 오히려 힘이 들수록 나눔의 보람과 행복은 더 크고 단단해졌다.

홈페이지를 만들자

"이 순간들이 그냥 흘러가는 게 아쉽다."

"그러게. 시간이 지나면 잊기 싫어도 잊힐 거 아니야."

동아리 활동을 열심히 할수록 그런 소리들이 툭툭 튀어나왔다. 바쁘고 힘든 시간이 많았지만, 오히려 붙잡아 간직하고 싶도록 순간순간이 소중하게 여겨졌다. 누가 먼저랄 것도 없이 동아리 활동을 기억하기 위해 공식 사이트를 만들어 기록으로 남겨두자는 말이 나왔다.

"홈페이지를 만들면 우리들 사진이랑 자기소개서를 올리자."

지훈의 말에 다들 고개를 끄덕였다. 사진을 올리고 자기소개를 하면 동아리 부원이자 나눔의 주체로서 소속감을 갖고 더욱 즐겁게 활동할 수 있을 것 같았다.

"그냥 우리 소개만 할 게 아니라 제품 주문도 받자. 오프라인 주문은 들쭉날쭉해서 제작 시간을 관리하기가 힘들잖아. 온라인 주문을 받으면 미리 일정을 짤 수 있고 차분히 준비할 수 있을 거야."

"좋은 생각이야! 참여형 웹 사이트를 만들어 보자. 거기서 우리 제품도 소개하고, 직접 주문받을 수 있는 시스템을 구축해 보는 거야."

홈페이지를 만들자는 의견이 나오자마자 작업은 일사천리로 진행됐다. 기부 활동에 대한 상세 정보, 상품 정보, 주문 기능이 일목요연하게 배치됐다. 부원들 얼굴도 올렸다. 각자의 얼굴을 드러내는 데 망설임이 없었던 것은 '투명한 기부'를 펼친다는 자신감이 있었기 때문이다. 더빛 제품을 사는 사람들에게 믿음을 주고 싶기도 했다. 누가 어떤 생각으로 동아리 활동을 하고 있으며 어떤 종류의 기부를 하는지 알리면 더욱 믿음이 생길 테니 말이다.

진현이 홈페이지 제작을 맡았다. 친구들의 의견을 모아 홈페이지 윤곽을 잡은 진현은 '이야기가 있는 홈페이지'를 만들기로 했다. 거창하지는 않더라도 따뜻함이 느껴지면 좋을 것 같았다. 그런 생각을 바탕으로 이렇게 저렇게 프레임을 만들며 홈페이지를 상징하는 사진으로 무엇을 쓸지 고민했다.

그때 '어린 왕자'가 떠올랐다. 진현은 그즈음 우연히 애니메이션 〈어린 왕자〉를 본 터였다. 바쁜 일상 속에서 소중한 추억과

동심을 잃어버린 현대인을 비판하는 영화라고 생각했는데, 문득 '나 역시 살아가면서 소중한 것들을 잊고 있지는 않나.' 하고 스스로를 돌아보게 되었다. 그래서 무심히 어린 왕자 사진을 홈페이지에 넣어 보았다.

전체 구상을 끝낸 뒤 다시 홈으로 돌아왔다. 그런데 별 생각 없이 넣은 어린 왕자 사진이 꽤 잘 어울려 보였다. 혼자 흐뭇해하면서 들여다보는데, 이번에는 〈어린 왕자〉에 나오는 대사가 떠올랐다. "어떤 것을 잘 보기 위해선 마음으로 보아야 해. 가장 중요한 것은 눈에 보이지 않거든." 더빛이 실천하고 있는 나눔의 정신과 통하는 느낌이었다. 나눔 또한 눈으로 볼 수 있는 것은 아니니까.

진현은 〈어린 왕자〉에 나오는 아름다운 글을 검색해서 네 문장을 골랐다. 그리고 그에 어울리는 사진 넉 장을 골라 동아리의 목표와 활동 내용을 표현했다.

사막이 아름다운 건 어딘가에 오아시스를 감추고 있기 때문이야.

이 글은 삭막한 사막 같은 사회 속에서 오아시스 같은 존재가 되겠다는 동아리의 목표와 닮은 것 같았다. 그래서 동아리의 목표와 부원을 소개하는 페이지에 연결했다.

어떤 것을 잘 보기 위해선 마음으로 보아야 해. 가장 중요한 것은 눈에 보이지 않거든.

동아리가 행하는 나눔이 눈에 보이지 않지만 마음으로 실천하는 일이며 중요한 일이라는 정신과 통하는 느낌이어서 기부 활동을 소개하는 페이지에 연결했다.

네 장미꽃을 그렇게 소중하게 만든 것은, 그 꽃을 위해 네가 소비한 시간이란다.

동아리에서 만든 제품은 부원들이 많은 시간을 투자한 것으로 장미처럼 소중하다는 의미를 담아 나눔 프로젝트를 소개하는 페이지에 연결했다.

가령 네가 오후 네 시에 온다면 나는 세 시부터 행복해질 거야.

함께 나눔 활동을 할 분들이 기다려진다는 의미를 담아 연락 페이지에 연결했다.

이렇게 해서 더빛 홈페이지가 완성됐다.

3장
좌충우돌의 시간

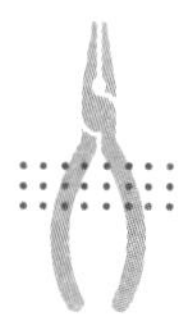

팔 수 있는 제품을 만들어야 해!

나눔을 실천하기 위해 더빛이 선택한 방법은 몸과 머리를 쓰는 것, 즉 머리로 구상해서 몸으로 제품을 만드는 일이다. 그것도 수업 시간에 배운 기술로 제품을 제작하고, 그 제품을 판매하여 얻은 수익금을 기부한다는 원칙에서 벗어나지 않았다.

그렇지만 더빛 친구들은 아직 학생이고, 실수를 거듭하며 겨우겨우 제품의 완성도를 높여 가는 아마추어이다. 당연히 이리저리 부딪히고 단념하고 새로 시작하는 과정이 되풀이되었다. 진이 추구하는 '비판 없는 브레인스토밍'을 거쳐서 말이다.

말이 나온 김에 짚고 넘어가자면, 비판이 '전혀' 없는 브레인스토밍은 아니었다. 동아리 부장인 진의 신념에서 나온 회의 원칙이지만, 회의에서는 누구라고 할 것 없이 공격적인 말투와 밀어붙이는 태도가 튀어나오기 일쑤였다. 진도 예외는 아니었다. 다만 목소리가 커지고 얼굴이 붉어지면 서로 원칙을 다시 떠올리며 적절하게 수위를 조절한 덕분에 누군가 마음 상하는 일 없이 진행되어 왔다.

하긴 프로들끼리 하는 회의라고 해서 시종일관 점잖고 예의 바를 수만은 없을 것이다. 더구나 자유롭게 아이디어를 제안하고 토론하는 자리라면 논쟁처럼 보이는 열정이 더 창의적인 제품을 만들게 하는지도 모른다. 단, 비판을 위한 비판만 아니라면. 또 말투가 매끄럽지는 않아도 단점을 보완하는 충고와 조언의 마음이 묻어나기만 한다면.

"유토 있잖아, 점토 비슷한 거. 그걸로 만년필이나 볼펜 꽂는 걸 만들어 보면 어떨까?"

"순환형 화분은 어때? 프린트할 수 있는 태양 전지를 다는 거야. 그렇게 생산한 에너지로 식물이 자라게 하는 거지."

"내가 생각한 건 메시지 캔들인데……."

회의에서는 늘 여러 가지 아이디어가 나왔다. 그럴듯하다고 여겨지면 집중적으로 토론하고 제품으로 만들지 말지 결정했다. 결정 기준은 이랬다. 사용의 편리성, 스토리 접목 및 심미성, 그리고 제작과 판매 비용을 포함한 경제성이었다. 디자인은 물론 필수 요소였다.

이 기준을 통과한 아이디어는 제작으로 이어졌다. 그리고 제작 과정에서 다시 한 번 걸러졌다. 어떤 제품은 기획과 달리 거듭되는 실패와 비용 문제로 제작을 취소했다. '슬라이드 램프'가 그랬다.

슬라이드 램프는 불을 켜면 빛을 받아 그림이 드러나게 디자인한 제품이다. 그런데 그림을 램프에 고정하는 게 아니라 슬라이드 형식으로 넣고 뺄 수 있게 하자는 생각이었다. 그때그때 기분에 따라 여러 그림을 감상할 수 있게 말이다. 시제품 개발까지는 성공했다. 그런데 그다음부터 문제가 드러나기 시작했다.

"전굿값이 너무 비싸."

"하나 만드는 데 시간이 너무 오래 걸려. 재료도 엄청 여러 가지가 필요하고."

"크기를 좀 줄여 보면 어떨까? 접착제를 안 쓰게 설계하면 비용도 좀 덜 들 것 같은데."

어떻게든 제품으로 이어지게 하려고 했지만 전구 비용 문제만큼은 끝내 해결되지 않았다. 그동안 들인 노력과 비용이 아까웠지만 하는 수 없이 포기하기로 했다.

그런가 하면 공정이 더빛의 능력 밖이어서 작업을 중단한 것도 있었다. 아이디어 회의 때 나온 순환형 화분이 그중 하나였다. 지속 가능한 에너지로 식물을 기른다는 획기적인 아이디어였으나 막상 만들어 보니 외주 공정이 반드시 필요했다. 아쉽지만 언젠가 다시 시도해 보기로 하고 보류했다.

그 밖에도 누가 제안했는지 일일이 기억하기 힘들 만큼 많은 아이디어가 쏟아져 나왔다. 그리고 그만큼의 아이디어가 빛을 보지 못한 채 사라졌다. 엄밀히 말하면 사라진 게 아니라 차곡차곡 쌓였다는 표현이 맞을 것이다. 비록 지금은 현실의 벽에 가로막혀 내려놓지만 언젠가 새로운 '현실의 장'이 펼쳐지면 얼마든지 다시 살아날 수 있으니까.

더 새롭게, 더 쓸모 있게

시행착오와 우여곡절 끝에 꾸준히 제작하고 판매할 제품이 가려졌다. 첫 플리마켓 행사 때부터 내놓은 휴대폰 거치대와 유아용 동물 퍼즐, 다용도 연필꽂이, 이어폰 케이스, 그리고 나중에 더해진 메시지 캔들과 램프가 그것이었다. 제품마다 디자인과 기능은 계속 보완했다.

이어폰 케이스는 처음에 큰 단추를 달았다가 작은 단추로 바꾸는 등 꾸준히 개량해 나갔다. 초기에는 아크릴 물감으로 가죽을 일일이 칠했지만, 나중에 대량으로 제작하면서 염색 방식을 바꾸었다. 가죽 염색약을 쓴 것이다. 아크릴 물감을 칠하면 가죽을 두루마리 형태로 말았을 때 뻑뻑했는데, 염색 방식을 바꾸면서 부드러워져 이어폰 케이스로서의 기능도 좋아졌다.

기린 모양 휴대폰 거치대도 초기에는 충전기 선을 꽂을 수 있게 만들었는데 제대로 작동하지 않아 나중에 제거했다. 디자인도 몇 차례에 걸쳐 바꿔서 더 예쁜 모양으로 다듬어졌다.

제품 제작 과정에서 가장 신경을 쓴 것은 수치였다. 제품을 제작할 때 생기는 오류와 불량은 대부분 잘못된 수치에서 발생했기 때문이다.

제작 기간은 제품마다 달랐다. 이어폰 케이스는 약 이틀이 걸렸다. 가죽을 자르고 염색하고 건조하는 데 하루가 걸렸고, 버튼을 달고 광택을 내고 다시 2차 건조하고 셰이핑 작업에 또 하루가 걸렸다. 처음에는 자꾸 실수를 해서 속도가 느렸는데, 경험이 쌓이면서 이틀에 200~300개를 거뜬히 만들게 되었다. 이어폰 케이스 말고 다른 제품들은 하나하나 채색과 조립 과정을 거쳐야 해서 하루에 각각 30~40개 완성하는 것으로 만족해야 했다.

이듬해 동아리에 새로운 부원이 들어오면서 신제품으로 채택된 램프는 하루에 10개, 메시지 캔들은 50개 가까이 만들 수 있었다. 슬라이드 램프 대신 채택한 램프는 '현대인을 위로하자'는 목표로 만든 제품이었다.

램프의 형태는 단순했다. 레이저 커팅기로 미송 합판을 잘라 직육면체를 만들고 안에 전구와 소켓을 설치한다. 램프 한쪽 면에 직접 디자인한 그림과 캘리그라피 문구를 투각 기법으로 잘라 낸다. 그 위에 한지를 붙이면 은은한 빛이 난다. 디자인 요소가 들어간 판은 교체할 수 있게 만들었다. 나중에 아크릴에 한지를 붙여 나무 판만 따로 바꿀 수 있도록 디자인을 개선했다. 부분별로 여러 색깔의 한지를 사용하여 색다른 느낌을 자아내는 버전도 만들었다. 모든 과정을 일일이 수작업으로 해야 해서 시간이 오래 걸리고 손이 많이 갔다.

어떤 제품을 만들든 더빛 친구들이 가장 중요하게 여긴 것은 너무 급하게 만들다가 자칫 품질을 떨어뜨리지는 말자는 것이었다. 그래서 되도록 미리 준비해서 기한에 쫓기지 않으려고 애썼다.

함께 꾸는 꿈

"주제가가 나오는 걸 보니 작업하는 게 실감 난다."

더빛 친구들이 모여서 일할 때면 작업실에는 어김없이 로이킴의 노래가 흘렀다. 밤샘 작업이라도 하는 날이면 누구는 잠에 취해 좀비처럼 움직였고 누구는 잠을 쫓으려고 제 뺨을 때렸다. 그런가 하면 누구는 입을 헤벌린 채 잠에 빠졌고 누구는 자다가 깨서 작업을 이어 갔다.

아무렇거나 진현이 튼 로이킴의 노래는 계속 흐를 터였다. 그게 싫으면 싫어하는 사람이 다른 노래를 틀어도 되지만 아무도 나서지 않았다. 할 일도 많은데 굳이 한 가지 일을 더 보태고 싶지 않았는지도 모른다. 아니면 진현의 애창곡들이 어느새 더빛 작업실에 감도는 공기처럼 익숙해져 버렸는지도.

아무튼 배경 음악은 음악대로 흐르고 빠듯한 시간은 시간대로 흘렀다. 작업도 노래나 시간처럼 저절로 흘러서 완성되면 좋으련만…….

"으아! 난 벤처 사업가 될 거야! 꼭 될 거야!"

잠을 쫓으려고 진이 짐짓 큰 소리로 말한다.

"지금도 벤처야. 이게 모험이 아니고 뭐냐."

기다렸다는 듯이 누군가 받아치고 진이 되받는다.

"정말이라니까. 내 꿈이라고. 벤처 사업가가 되면 기부도 많이 하고 어린이 환자들을 위한 캠페인도 직접 열 거야. 유명한 사람이 관심을 가지는 문제는 늘 화젯거리가 되잖아."

"유명 인사! 유명 인사 되면 나부터 잊지 말고 챙겨라."

다들 이제 꿈 이야기로 졸음에 맞선다.

"나는 줄기세포를 연구해서 장애인을 치료하는 생명공학자가 되겠어. 그래서 예전에 봉사 활동했던 복지 시설에 찾아가서 치료해 줄 거야. 아, 연구 성공하면 나도 벤처 기업 설립할게."

진현의 말에 석희가 이어받는다.

"난 지구과학 공부를 계속 할 거야. 그렇다고 동아리 활동을 잊겠다는 건 아니고. 나중에 무슨 일을 하든 기부는 할 거야."

"난 잠이나 자고 싶다! 나중은 무슨 나중이냐. 지금은 잠이나 실컷 자고 싶다고!"

꿈보다 현실. 사실 그 순간 누구나 바란 건 꿈 얘기가 아니라 잠이었을 것이다. 아니면 자면서 꾸는 다른 꿈이 그리웠을지도 모른다. 하지만 푹 잘 수 없으니 미래의 꿈 이야기를 끌고 올 수밖에 없기도 했다. 어쨌든 신기한 건 어떤 얘기를 해도 결국은 '나눔'이라는 주제로 모아진다는 거였다.

"대학에 가서도 더빛 동아리 활동을 해 보자. 전국학생사회환원동아리연합체로 계속 해 보자고."

"나도 여기서 그만두고 싶지는 않아. 우리가 제품을 디자인하고 제작한 경험으로 나중에도 나눌 수 있는 제품을 직접 만들어서 활동하고 싶거든."

더빛에서 시작한 나눔 활동을 대학생이 된 뒤에도, 또 그 뒤에도 이어 가자는 진의 제안에 상진이 마음을 보탰다. 지훈은 한술 더 떴다.

"대학생이 되면 더 폭넓게 활동해야 되지 않겠냐? 나는 재능기부를 더 하고 싶어. 특히 돈이 없어서 학원에 못 가는 애들한테 수학하고 과학을 직접 가르쳐 줄 거야. 진짜 하고 싶은 일이야."

석희의 마음도 다르지 않았다.

"나는 지금이라도 해 보고 싶은 게 있어. 세종 시내 초등학생이랑 중학생을 우리 학교로 초대해서 낮에는 태양, 밤에는 천체를 보여 주는 천문 캠프를 열고 싶어."

진현이 사랑해 마지않는 가수의 노래, 그리고 친구들이 가슴에 품은 꿈 이야기와 함께하다 보면 기나긴 작업도 끝이 보였다.

드디어 끝난다는 사실에 진이 또 한 번 씩씩하게 외쳤다.

"앞으로 학기마다 제품 하나씩 디자인해 보자. 우리도 과학 기술을 적용한 제품을 하나 정도 제대로 만들자."

"뭘 못 하겠냐. 토크 콘서트도 하지 뭐. 나눔을 주제로 한 토크 콘서트!"

"걷기 대회도 하자! 아픈 어린이들에게 관심을 갖게 하는 걷기 대회, 어때?"

따뜻한 소통

동아리 홈페이지가 개설된 건 2016년 10월 무렵이었다. 그때부터 홈페이지를 통한 주문이 꾸준히 이어졌다. 멤버들은 수시로 홈페이지를 들락거리며 주문을 확인했다. 얼굴도 모르는 누군가가 물건을 사겠다고 보내 온 소식을 보다가 멤버들은 문득문득 생각했다. 세상은 보이지 않는 끈으로 연결되어 있는지도 모른다고. 그렇지 않다면 품질이나 디자인 면에서 훨씬 뛰어나고 세련된 제품이 얼마나 많은데 굳이 눈에 띄지도 않는 이런 홈페이지까지 찾아 들어올 까닭이 있을까 싶었다.

더빛 제품을 산다는 것은 더빛의 마음에 동참한다는 뜻이었다. 아픈 어린이들을 돕고 싶은 마음, 가진 것을 조금이라도 나누어서 함께하고 싶은 마음. 이런 귀하고 소중한 마음들이 더빛에서 만나 더욱 단단하게 이어지고 있었다.

홈페이지를 통해 주문하는 물량이 꾸준히 늘었고, 제품 종류도 다양했다. 이따금 색다른 접속도 있었다. 주문이 아니라 더빛과 소통하기 위한 접속.

'저는 여러분의 활동을 눈여겨봐 왔습니다. 여러분의 뜻에 동참하는 의미로 저도 아이디어를 제공하고 싶습니다. 평소 운전을 하다 보면 자동차 키홀더 디자인이 아쉽다고 느껴질 때가 많습니다. 여러분이 키홀더 디자인을 개선해서 좋은 제품을 만들어 보면 어떨까요? 지금처럼 좋은 마음으로 좋은 제품을 만들어서 더 많이 나누는 여러분이 되기를 바랍니다.'

그런가 하면 취미로 천체 사진을 찍는 석희와 인연을 맺은 어느 선생님은 이런 의견을 보냈다.

'여러분이 만드는 가죽 이어폰 케이스에 단체 이름을 새겨서 판매해 보는 건 어떨까요?'

애정 어린 눈으로 지켜보았기에 할 수 있는 조언이었다. 비록 그 제안을 실현하지는 못했지만 그 선생님은 그 뒤로도 더빛의 활동을 살피며 때로는 따끔하게, 때로는 따뜻하게 도움말을 아끼지 않았다.

그런 과정에서 더빛 친구들은 신선한 충격을 받았다. 이런 시스템은 단순한 주문 수단이 아니라 아이디어 공유의 장으로도 업그레이드된다는 사실이었다. 그리고 고마웠다. 내 일처럼 관심과 애정을 갖고 지켜보지 않으면 하기 힘든 제안이라는 걸 알기 때문이다. 더빛의 활동을 깊이 이해하고 공감해 주는 사람들이 늘어나고 있다는 걸 확인하는 기회가 되었다.

또한 더빛이 하는 일이 거창하고 특별한 일이 아니라는 걸 다시 한 번 깨닫기도 했다. 아픈 사람을 보면 함께 아파해 주고, 배고픈 사람을 보면 음식을 주고 싶고, 배우지 못한 아이들을 만나면 공부하게 해 주고 싶은 마음을 지닌 사람들이 세상에는 엄청나게 많다는 걸 알게 되었다. 그리고 그런 사람들 덕분에 인류 역사의 한 부분은 따뜻하게 진화해 왔을지도 모른다는 생각을 하게 되었다. 또래들보다 가진 것과 누리는 것이 더 많다고 생각하는 더빛 친구들로서는 자신들의 나눔 활동이 그래서 더욱 당연한 일이었다. 특별히 칭찬받을 일도, 유난히 시선을 끌 일도 아닌, 그저 세상의 수많은 '나눔' 가운데 하나일 터였다.

파도를 만나다

뜻밖의 소통으로 마음이 따뜻해지는 순간이 있는가 하면, 예상치 못한 어려움이 닥치기도 했다. 가뜩이나 시간이 부족한데 주문이 밀려드는 것은 가장 큰 위기였다. 주문이 많다는 건 수익이 커진다는 것이지만, 한편으로는 비명을 지를 일이기도 했다.

"이거 어떡하냐. 언제 다 만들지?"

"그러게 수업은 언제 듣고 물건은 언제 만드냐……."

세상일이 계획대로 딱딱 맞아떨어진다면 얼마나 좋을까. 시험 없는 주말이나 다들 한가할 때 주문이 밀려들다가 바쁠 때는 알아서 빠져 주면 얼마나 좋을까. 하지만 현실은 늘 반대였다. 마치 어디에서 멤버들의 일상을 훔쳐보다가 가장 바쁠 때를 노려 공격하는 악동이라도 있는 듯 바쁠 때 주문도 밀려들었다.

"망했어! 과제 엄청 많거든. 밤을 새워도 힘들어."

"난 퀴즈!"

"왜 하필 오늘이야? 왜 하필 이번 주에 이렇게 주문이 많냐고!"

아무리 급한 주문이라고 해도 시험 열흘 전부터는 제품을 만들지 않았다. 하지만 주문이 밀려 있으면 시험공부를 하면서도 마음이 편치 않았다. 그나마 홈페이지를 통해 상시 주문을 받은 덕분에 시험 기간만이라도 빼는 일정을 짤 수 있었다.

하지만 과제나 퀴즈 때문에 제작을 미룰 수는 없었다. 약속은 약속이니까. 그러자니 힘들고 짜증 났다. 약속을 지키기 싫다거나 이 일을 시작한 걸 후회하는 게 아니라, 그냥 힘들고 짜증이 났다. 시간은 없고 끝내야 할 일은 많은데, 예상치 않았던 일이 겹치면 누구나 힘들고 짜증 나는 법이다.

모두 툴툴거리면서도 다시 작업실에 모여 일을 시작했다. 이렇게 움직이지 않으면 아무것도 달라지는 게 없으니까. 찜찜한 마음으로 계속 미룰 수는 없었다. 어쨌거나 일하기 시작하면 또 언제 그랬느냐는 듯 짜증이 가시고 웃음이 돌았다.

그래도 이런 힘겨움은 기꺼이 받아들일 수 있었다. 하지만 외부에서 들려오는 오해 섞인 소문 앞에서는 어쩔 수 없이 위축되었다.

“누가 그러는데 우리가 가죽이랑 아크릴 물감 같은 걸 학교에서 가져다 쓴다는 소문이 났대. 학교 예산으로 기부하면서 괜히 생색만 낸다는 거지.”

처음부터 우려했던 문제였고 그래서 조심했는데도, 막상 이렇게 입방아에 오르내리니 울적해졌다.

“그럴 때는 분명하게 얘기를 해. 우리가 만든 제품을 팔고 받은 돈을 무조건 다 기부하는 게 아니라 다음 제작비를 남겨 두고 한다고 말이야. 학교 돈은 한 푼도 축내지 않는다고 사실대로 설명하면 더 이상 그런 소리는 안 나올 거야.”

답답하고 화가 날 때도 있었지만, 지금까지 자신들이 어떤 행동을 했는지 곰곰이 돌아볼 기회도 되었다.

“우리가 아무리 아니라고 해도 그렇게 보이니까 그런 소리를 할 수도 있어. 우리 태도가 문제인지도 모르잖아.”

동아리 소식이 인터넷을 비롯해 여러 매체에 실리고 알려지면서 겪은 일도 예상치 못한 거였다. 처음 신문에 기사가 실렸을 때 멤버들은 잔뜩 흥분했다. 누가 알아주기를 바라고 시작한 활동은 아니었지만 기분이 좋은 걸 감출 수는 없었다.

“신문에 난다는 게 이런 거구나. 은근 기분 좋은데?”

"나, 엄마 아빠한테 바로 전화했잖아!"

멤버들은 기쁜 소식을 듣고 미술 선생님에게 달려갔다. 동아리를 만들기 전부터 친구들을 이끌어 준 미술 선생님은 함께 기뻐하면서 한편으로는 차분히 아이들의 기분을 가라앉혀 주었다.

"신문에 실리고 널리 알려지니까 좋지? 그래 대단한 일을 한 거야. 하지만 본질을 잊으면 안 된다. 나눔이라는 건 신문에 실리지 않아도, 아무도 알아주지 않아도 묵묵히 해야 하는 일이야."

어쩌면 선생님은 이미 그때 더빛 친구들이 주변의 또 다른 반응 앞에서 당황할 순간이 올 거라고 짐작했는지도 모른다.

"기사에 달린 댓글 봤냐?"

"왜, 뭔데?"

"우리한테 부모님 등골 빼먹지 말고 공부나 하래."

"……."

"우리 학교에도 빈정거리는 애들 있어. 그렇게까지 찬사를 받을 동아리냐고."

"야 야! 안 들은 걸로 해. 우리가 막 잘나간다고 생각하니까 그런 소리들을 하는 거야."

"잘나가긴 뭐가 잘나가냐? 그냥 물건 팔아서 아픈 어린이 돕자고 뼈 빠지게 일한 것밖에 없는데. 우리가 무슨 아이돌도 아니고……."

"됐어. 괜히 디스하는 거야. 미술 선생님이 그러셨잖아. 그냥 묵묵히 하라고. 그런다고 활동 그만둘 것도 아니잖아."

속상했다. 억울했다. 그렇지만 가까운 곳에서 힘이 되어 주는 사람들이 더 많았다. 부모님과 동아리 지도 교사, 사감 선생님도 그런 분들이었다.

"샘나서 하는 말들이다. 그러려니 듣고 흘릴 줄 알아야 해. 스스로 떳떳하면 돼. 곧 잠잠해질 테니 너무 상처받지 마라."

"화내지 말고 차분하게 자기를 점검하는 기회로 삼아. 이럴 때일수록 더 엄격하게 자기 단속하고 조심해야 하는 거야."

어차피 격려와 칭찬만 있는 세상은 없다. 제아무리 기발한 아이디어라고 해도 제품으로 선보이기까지 숱한 시행착오를 거쳐야 하는 것처럼, 더빛 친구들이 맞닥뜨린 오해와 비판도 어쩌면 성장을 위한 과정인지 모른다. 그리고 한편으로는 더빛을 응원하고 지지하는 사람들이 곁을 지켜 주지 않는가. 격려와 비판을 양쪽 날개 삼아 날아오르는 것, 그것이 성장하는 과정에 놓인 더빛이 풀어야 할 또 다른 과제였다.

오세요, 보세요, 사세요!

"세종과학예술영재학교 동아리 더빛입니다! 구경하세요!"

역시 가장 적극적으로 나서서 손님을 끌어 모으는 사람은 윤상이었다. 플리마켓이나 학교 축제에서 직접 제품을 판매할 때면 윤상의 목소리가 가장 먼저 들려왔다. 윤상은 낯을 가리지 않는 성격이어서 처음 보는 사람과도 거리낌 없이 이야기를 나누었다.

"이건 어디에 쓰는 물건이에요?"

"이어폰 케이스입니다. 한번 보세요. 이어폰 줄이 치렁치렁해서 보관하기가 쉽지 않은데 이렇게 감으면 깔끔하고 쓰기도 편합니다."

"괜찮은 아이디어네요. 안 그래도 맨날 이어폰 줄이 꼬여서 불편했는데……."

그때 또 다른 목소리가 끼어들었다.

"어? 이번엔 새로운 디자인이네요!"

"네. 저희 제품을 아세요?"

"알다마다요. 지난번 플리마켓에 갔다가 이어폰 케이스를 샀거든요. 그땐 무늬가 없었는데 이번에는 별자리를 새겨 넣었네. 열심히 활동하는 모습 보기 좋아요. 언제나 응원할게요."

이런 손님은 더빛 친구들에게 두고두고 고마운 마음을 불러일으켰다. 사실 멤버들은 행사장에서 만나는 손님들을 기껏해야 한 번 만나는 인연으로 생각했다. 그런데 학교 행사로 열린 '별 축제'를 찾은 사람들이 더빛의 편견을 깨 주었다. 누군가 따뜻한 눈길로 지켜보고 있었다는 사실에 모두 흐뭇하면서도 기분 좋은 책임감을 느꼈다.

판매대 주변에는 미리 준비한 포스터를 세웠다. 동아리의 활동 취지와 내용을 알리는 포스터였다. 진과 석희는 제품을 구경하는 사람들에게 더빛의 활동 취지를 꼼꼼하게 설명했다.

"돈을 벌기 위해서 물건을 파는 게 아닙니다. 저희는 기부하는 동아리 더빛 멤버들입니다. 저희가 직접 구상하고 만든 제품이니 자유롭게 살펴보시고 마음에 드시면 사 주십시오. 수익금은 아픈 어린이들을 돕는 데 쓰고 있습니다. 저희 제품을 사 주시는 분들은 저희와 함께 나눔에 동참하시는 겁니다."

'나눔'이라는 취지를 앞세워 엉성한 제품을 억지로 사게 하고 싶은 마음은 조금도 없었다. 더빛 친구들은 모두 제품 품질에 자부심을 갖고 있었다. 아무리 기부하기 위해서라고 하지만 품질이 떨어져도 된다는 나태한 생각은 하지 않았다. 직접 소비자의 처지가 되어 품질을 고민하고 합리적으로 가격을 매겼다.

"기부를 목적으로 만든 제품이지만 이윤을 많이 남기겠다는 욕심은 없습니다. 저희가 직접 재능 기부 형식으로 만들어서 기타 비용 없이 저렴한 가격으로 판매하는 겁니다."

내성적인 성격 탓에 낯선 이들과 선뜻 어울리지 못하는 진현, 지훈, 상진도 어느덧 발동이 걸렸다.

"천연 소가죽 제품입니다! 품질 대비 가격 최곱니다! 구경하세요!"

처음 쭈뼛거리던 모습은 온데간데없이 다들 발 벗고 나서서 제품을 설명하고 홍보했다. 친구들의 그런 모습을 보면 밤샘 작업을 하며 졸음과 싸우던 시간의 고달픔이 눈 녹듯 사라졌다. 그리고 친구들이 평소에 바라던 '조각보' 같은 동아리의 모습이 실제로 펼쳐지는 느낌이 들었다.

저희는 조각보 같은 동아리를 만드는 것이 꿈입니다. 조각보는 최고급 천으로 만들지 않습니다. 봉제 과정에서 장인의 손길로 고난도의 박음질을 하는 것도 아닙니다. 하지만 여러 자투리를 모아 만든 조각보는 그 어떤 보자기보다 쓸모 있고 사람들에게 필요한, 이 세상 모든 물건들을 포근히 감싸는 포용의 아름다움을 지니고 있습니다. 더빛 또한 조각보처럼 튀지 않지만 묵묵히 우리의 일을 하며 사람들에게 꼭 필요한 존재가 되고 싶습니다.

- 동아리 활동 내용 설명 중에서

'오세요, 보세요, 사세요!' 자신들의 바람처럼 여섯 친구는 조각보가 되어 펄럭였다. 석희, 지훈, 진, 윤상, 상진, 진현이라는 조각보, 색깔도 모양도 다 다른 자투리 천이 조화롭게 이어진 조각보였다.

4장
고맙습니다,
우리들의 이야기에 귀 기울여 줘서!

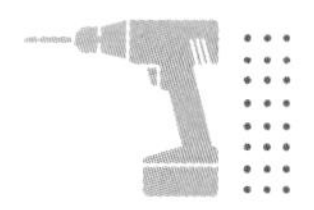

모두의 정성이 모여

2016년 11월에 동아리 더빛의 두 번째 기부가 이루어졌다. 동아리를 결성하고 8월 말부터 11월까지 모은 수익금 100만 원이었다. 짧은 기간이었건만 열심히 제품을 제작하고 홍보하고 판매한 덕분인지 생각보다는 큰돈을 모았다.

멤버들은 기부 대상을 찾으려 머리를 맞댔다. 첫 번째 기부는 동아리 결성 전에 했기 때문에 사실상 멤버들이 함께 의논하고 함께 진행하는 기부는 이번이 처음이나 마찬가지였다. 설레고 들뜬 순간이었다. 애써 모은 돈을 자신들이 갖는 게 아니라 남에게 주는 일인데 오히려 희열이 느껴지는 건 '나눔'의 매력이자 마력이었다. 여섯 명의 더빛 친구들은 기꺼이 그 마력에 빠질 준비가 되어 있었다.

"우리는 이미 대상을 정하고 시작했잖아. 아픈 어린이들."

"그래. 문제는 아픈 어린이가 너무 많다는 거야. 그에 비해 우리가 기부할 돈은 너무 적고."

"일단 병원을 알아봐야겠지?"

의논한 끝에 대전에 있는 한 병원에 전달하는 것으로 거의 의견이 모아졌다. 그런데 확정 직전에 새로운 뉴스가 전해졌다. '대전어린이재활병원 건립을 위한 기적의 새싹 캠페인' 소식이 그것이었다. 2000여 명에 이르는 대전 어린이 환자의 어려운 실정을 개선하기 위해 병원을 짓는다는 내용이었다.

"어린이 재활 병원을 짓는대."

"우리 동아리 목적과 딱 맞아떨어지네!"

"우리도 그 캠페인에 동참하자."

한 사람도 다른 의견이 없어 그대로 진행되었다. 고등학교 동아리가 '기적의 새싹 캠페인'에 기부했다는 소식은 지역 방송국에도 전해졌다. 방송국에서 더빛 친구들에게 출연 요청을 해 왔다. 멤버들은 얼떨결에 방송에 출연하여 동아리가 펼치는 나눔 이야기를 들려주었다.

이듬해 2017년 5월에는 세 번째 기부를 할 수 있었다. 2017년 3월부터 5월까지 제품을 판매하고 얻은 수익금 100만 원이었다. 기부한 곳은 세종시로, 이번에도 멤버들이 다함께 모여 의논한 끝에 내린 결정이었다.

“기적의 새싹 캠페인은 작년 12월에 끝났대. 다른 기부처를 찾아야 해.”

“치료비가 절실하게 필요한 어린이들이 있을 거야. 지난번에 재활 병원에 기부했으니까, 이번에는 형편이 어려운 어린이를 직접 돕는 게 어떨까?”

“한 푼이라도 아쉬운 환자들이 많을 거야. 그런 사람들한테 도움이 되면 정말 좋겠다.”

“근데 이상해. 이게 적은 돈이 아니라는 걸 아는데도 막상 기부하려고 하면 돈이 더 많으면 좋겠다는 생각이 들어. 작은 도움이 아니라 큰 도움이 되고 싶은가 봐.”

“그러게 말이다. 근데 형편이 어려운 환자를 어떻게 알아보냐?”

“시청에 물어보자. 형편이 어려운 시민은 시청에서 알고 있겠지.”

그렇게 해서 시청에 문의하게 된 것이었다. 그런데 절차 문제 때문에 시청에 먼저 기부금을 전달하는 형식을 따랐다. 그리고 세종 시장과 함께 더빛 친구들은 기부금 전달식을 가졌다. 시청이 징검다리 역할을 한 셈이었다.

2017년 12월에 또 한 번의 기부를 진행했다. 이번에는 세종시 교육청 소통담당관실에서 소개한 중학생의 사연을 듣고 결정했다. 2017년 5월에 음식물 수거 차량이 어쩌다 인근 군부대 철조망을 매단 채 달리는 바람에 그 철조망에 몸이 휘감겨 큰 부상을 입은 학생이었다.

특히 이 기부금은 더빛뿐만 아니라 울산현대공업고, 울산삼일여고, 인천예술고, 민족사관고, 숙명여중, 인명여고 학생들과 함께 결성한 연합체가 처음으로 공동 판매해 얻은 수익금으로 마련한 것이어서, 더빛 친구들에게 남다른 감회를 안겨 주었다.

더빛은 한 학기에 100만 원을 기부하겠다는 목표를 세우고 출발했다. 그리고 다행히 세 번째 학기인 2017년 2학기까지 그 약속을 잘 지켜 왔다. 사실 여력이 되고 대상만 정해지면 시기를 따지지 않고 기부하고 싶었지만, 아직은 100만 원을 모으는 데도 시간이 많이 걸렸다.

그리고 한편으로는 기부금 액수를 떠나 나눔의 본질을 잊지 않으려고 늘 노력한다. 누군가에게 보여 주기 위해서 하는 게 아니라 도움이 필요한 사람을 돕는 게 주목적임을 잊지 않으려고 한다. 앞으로 얼마를 더하겠다는 커다란 계획이나 다짐보다 지금까지처럼 묵묵히 해 나가는 '더빛'이 되고자 한다.

새 식구들

"벌써 2학년, 내년이면 우리도 고3이야."

"그래, 대한민국 고3."

그랬다. 그 힘들다는 고3이라는 시기가 더빛 친구들에게도 다가오고 있었다. 솔직히 말하자면 고등학생이 된 순간부터 입시의 부담을 떨쳐 버릴 수 없었다. 진을 비롯한 더빛 친구들 모두 마음 한쪽에 늘 '입시'라는 과제를 담아 둔 채 동아리 활동을 해 온 터였다. 고3이 되면 동아리 활동에 처음처럼 열정을 쏟으며 매진할 수 없으리라는 걸 모두 알고 있었다. 그렇다고 동아리의 존재 이유가 퇴색되어서는 안 되었다. 새 식구가 필요했다.

딱히 입시 때문이 아니더라도 새로운 회원을 받아들여야 했다. 동아리가 이어져야 나눔 활동을 계속할 수 있고, 그러려면 해마다 새로운 회원이 들어와 활동을 이어 가야 하니까.

더빛은 1, 2학년을 대상으로 새 회원을 모집하기로 했다. 학교 전체 자율 동아리 대표들이 전교생 앞에서 자신이 몸담고 있는 동아리를 소개하는 1분 발표 시간이 있었다. 더빛에서는 진이 대표로 슬라이드를 보여 주며 동아리의 취지와 지난 활동 상황을 소개했다.

그런데 예상 밖으로 많은 학생들이 지원했다. 원래는 몇 명만 충원하려고 했는데 30명 가까운 지원자가 몰린 것이다.

"생각보다 지원자가 많네. 고생하는 동아리인데 왜 이렇게 인기를 끄는 거야?"

"그야, 리더인 이 박진이 발표를 훌륭하게 해서 그런 거겠지, 우하하!"

"맞을래?"

"워워, 내 생각에는 우리 동아리가 좀 색다르잖아. 외부 활동도 많이 하고. 무엇보다 어린이 환자를 내 손으로 직접 도울 수 있다는 데 꽂힌 게 아닐까 싶다."

"인정. 우리가 열심히 했고 그만큼 눈에 보이는 실적이 있다는 것도 중요하겠지."

"아무튼 할 수 없이 면접을 봐야겠다. 지원자를 다 뽑을 수는 없잖아."

"진현이랑 상진이, 진이가 면접을 담당해라. 우리는 대기실에서 후배들이 궁금해하는 게 있으면 대답하면서 도와줄게."

그렇게 해서 2학년 네 명과 1학년 열 명이 더빛의 새 식구가 되었다. 창립 부원 여섯을 합하면 모두 스무 명이었다. 지훈의 말에 따르면, 기존의 여섯 친구가 갖지 못한 재능을 가진 학생들이 많다고.

세대교체

동아리 인원이 늘어나면서 효율적으로 역할 분담을 할 필요가 생겼다.

"무슨 일이든지 직접 해 보지 않으면 선입견을 가지게 되는 것 같아. 그러니까 우리 업무를 굳이 디자인, 제작, 홍보로 선을 딱 그어서 나누지 말고 일단 모든 일을 한 번씩 할 수 있도록 해 보자."

그렇게 뜻을 모은 뒤 학기 초에는 2학년을 중심으로 세 조를 편성했다. 동아리 창립 멤버 여섯 명이 둘씩 짝을 이뤄 그동안 활동했던 방식을 전달하고 조별로 디자인 회의를 했다. 그리고 모두 함께 힘을 합쳐 제작하고 발표회를 가졌다. 그런 과정을 거치며 저마다 잘하는 일과 하고 싶은 일에 따라 역할을 적절하게 분담했다. 역할이 나눠졌다고는 하지만 경계를 정하지 않고 일이 많을 때에는 언제든 서로 돕고 도움을 받을 수 있게 했다.

새 식구가 생기면서 새로운 제품도 탄생했다. 메시지 캔들인데, 천연 소이 왁스로 만든 제품으로 일정 시간이 지나면 메시지가 드러나는 향초 제품이다. 늘어난 제품을 들고 2017년 3월에는 부원들 모두 다 같이 H마트 플리마켓 행사에 참여했다. 새 식구들에게 처음 동아리를 만든 배경을 소개하고 직접 판매하는 경험을 심어 주기 위해 바쁜 시간을 쪼개 참여했다.

이어서 5월에는 세종 시청을 방문해서 함께 기부금 전달식을 가졌다. 하지만 부원들에게 행사 참여를 강요하지는 않았다. 자신의 일정과 상황을 살펴서 자발적으로 참여하게 한 것이다.

식구가 늘어나면서 동아리가 더 활기차고 짜임새를 갖추게 되었지만, 한편으로 어쩔 수 없이 아쉬운 변화도 생겨났다. 처음 동아리를 만들고 활동을 시작한 주축인 여섯 친구가 염려했던 대로 고3이라는 현실과 마주하게 된 것이다. 수업 내용은 갈

수록 어려워지고 수행 평가와 과제는 전보다 훨씬 더 많아졌다. 게다가 각종 대회를 준비하느라 시간과 노력을 쏟아부어야 했다. 자연히 동아리 활동에 주도적이고 적극적으로 참여하기 힘든 상황이 이어졌다. 그 빈틈을 신입 부원들이 채워 주는 게 고맙고 다행스러웠다.

2018년, 동아리 더빛을 만든 여섯 명은 마침내 고3이 되었다. 앞 물결과 뒤 물결이 서로 자리를 내어 주고 이어받듯 자연스레 세대교체를 맞이하게 된 셈이었다. 후배들이 든든하고 고마운 한편, 여섯 친구 모두 자신들의 경험을 바탕으로 꼭 들려주고 싶은 이야기가 있었다.

본질을 잊지 않길 바랍니다. 사람이 모여서 하는 일이라 힘들고 지치면 서로 예민해질 때가 있습니다. 그럴 때 우리 동아리의 설립 동기와 목적을 되새겨 보면 좋겠습니다. 우리는 나눔을 위해 모였거든요. 서로 존중하고 배려하는 문화를 우리 자신부터 지켜 나가야 본질에서 벗어나지 않는 거라고 생각합니다.

본의 아니게 우리 활동이 언론에 알려지게 되었습니다. 하지만 우리 동아리는 누군가에게 보여 주기 위해 존재하는 게 아닙니다. 보이지 않는 곳에서 작은 손길이라도 내밀며 도움을 주는 게 우리의 목적이라는 걸 잊지 않았으면 좋겠습니다. 외부 시선을 의식해서 화려하고 예쁜 걸 보여 주는 동아리가 아니라 소박한 나눔을 이어 나가길 바랍니다.

본질과 목적을 잃지 않는 가운데 미래를 고민하는 동아리로 발전했으면 좋겠습니다. 아무리 나눔을 위한 본질에 충실한다고 해도 발전하지 않고 대충 안주하면 안 될 것 같아요. 늘 새로운 제품을 고안하고 더 나은 제품을 만들기 위해 고민하면 좋겠습니다. 그리고 무엇보다 주위의 시기와 질투에 일일이 반응하지 말고, 받아들일 비판은 겸허히 받아들이면서 발전할 수 있는 방향을 모색해 나갔으면 합니다.

다른 학교 친구들과 함께

"다른 학교에서 우리 동아리랑 연대하고 싶다는 연락이 왔대."

"정말? 어느 학교?"

"울산현대공업고등학교. 그 학교 선생님이 우리 활동을 보셨나 봐. 우리 선생님께 연락하셨대. 학생들의 사회 환원 활동을 전국 트렌드로 만들어 보면 어떻겠냐고."

뜻밖의 소식에 더빛 친구들은 뭐라 한마디로 표현하기 힘든 감회에 젖었다. 조그만 걸 나누고 나눠서 더 많은 사람들과 함께할 수 있으면 좋겠다는 바람을 늘 갖고 있었지만 이번 제안은 무척 색다르게 느껴졌다.

그동안의 활동이 혼자서 잔잔한 물결을 일으키는 일이었다면, 연대로 이룰 수 있는 효과는 차원이 달라지는 느낌이었다. 혼자가 아니라 저만큼 떨어진 곳에서 같이 물결을 일으켜 주는 동효가 생기는 셈이니까. 그것은 여기서 일으킨 물결과 저기서 일으킨 물결이 넘실넘실 합해지고 이어져서 더 멀리 더 곱게 퍼져 나가는 일이었다. 어쩌면 진이 처음부터 바랐던 나비 효과가 시작된 것인지도 몰랐다. 작고 보드라운 나비의 날갯짓 하나가 커다란 바람을 일으키는 효과.

연대의 바람은 거기서 그치지 않았다. 울산삼일여자고등학교와 인천예술고등학교에서 페이스북 메신저로 함께하자는 연락을 해 왔다. 그리고 민족사관고등학교의 월드비전 산하 동아리 위드어스와 연락이 닿았다. 더빛 멤버 손주승 학생이 다리 역할을 하여 민족사관고등학교 동아리 대표와 더빛의 대표 진이 소통을 해 나가는 가운데 두 사람은 어린이를 위한 캠페인이 필요하다는 데 공감했다. 곧이어 두 동아리가 협업 프로젝트를 진행하기로 결정했다.

연대 활동은 잇달아 진행됐다. 울산현대공업고등학교는 전공 특성상 세종과학예술영재학교에 없는 기기를 많이 갖고 있었다. 덕분에 더빛이 만들었던 제품 도안을 넘겨받아 그대로 제작하기도 하고, 독자적으로 디자인하여 제품을 만들기도 했다. 그리고 그 제품들을 판매하여 기부하는 활동을 시작했다.

울산삼일여고는 의료 매뉴얼을 배포했고, 인천예고는 더빛과 함께 엽서 디자인 프로젝트를 진행하기로 했다. 고아원에서 지내는 아이들을 위한 특색 있는 캐리커처를 구상한 끝에 꽃을 소재로 정했다. 꽃말을 주제로 삼은 그림을 인천예고 학생들이 직접 그려서 더빛에 전달했다. 그 그림을 컴퓨터 작업을 통해 엽서 디자인에 적용하는 과정을 거쳤다.

민족사관고등학교와는 어린이 환자와 국제 기아를 위한 기금 마련 캠페인을 진행하기로 했다. 해시태그를 캠페인 이름으로 설정하여 온라인 홍보를 하고 사이트와 페이스북 페이지를 구축하여 관련 제품을 디자인하는 작업이었다. 큰 틀에서는 기존과 다른 제품들을 함께 디자인하고 제작하는 프로젝트라고 할 수 있다.

더 높이, 더 멀리

모든 과정이 순조롭게 진행된 것만은 아니었다. 가장 큰 문제는 학교마다 일정이 달라서 한꺼번에 모여서 논의하는 시간을 갖기 힘들다는 것이었다. 못내 아쉬웠지만 그 문제는 차선책으로 해결했다. 미리 의논해서 서로 가능한 시간을 정한 다음 채팅을 하기로 한 것이다. 그 시간에 참여할 수 있는 사람은 모두 컴퓨터 앞에 모여 의견을 공유하는 방식이었다. 그와 같은 소통을 통해 인천예고와는 택배로 실물을 주고받으며 디자인을 진행하기도 했다.

아이들은 연대를 통한 협업에 머물지 않고 '전국학생사회환원동아리연합체'라는 조직을 만들었다. 그리고 지금 함께하는 학교 및 동아리들과의 활동에 만족하지 않고 전국적인 조직으로 성장하기를 바라고 있다.

앞으로 전국학생사회환원동아리가 함께 구상하고 만든 제품을 판매한 수익금은 동아리 연합체의 이름으로 기부할 계획이다. 인천예술고등학교, 민족사관고등학교와 진행하는 프로젝트는 수익금을 함께 기부하기로 이미 협의를 마쳤다. 어떤 종류의 나눔이든 그 자체로 의미 있는 일이지만 서로 다른 학교 학생들이 하나의 프로젝트를 성공리에 수행하여 기부까지 완료한다면 좋은 본보기로 남을 터이다.

전국학생사회환원동아리연합체. 앞으로 이름 그대로 '전국'의 학생들이 마음과 손길을 모아 나눔을 실천하는 날이 올지도 모른다는 즐거운 상상을 더빛 친구들은 하고 있다. 언젠가는 그러한 상상이 현실로 이루어질 것을 굳게 믿으며 말이다. 처음 플리마켓 행사에 참여했을 때 '더빛'이라는 동아리가 탄생할지 몰랐고, 동아리가 만들어진 뒤 파급 효과를 거둬 지금의 '전국학생사회환원동아리연합체'로 발전하리라 예측한 사람은 아무도 없었지만 이런 결과로 이어졌듯이.

에필로그

"지금 당신 주머니에 있는 100원과 워런 버핏의 31억 7000만 달러(우리 돈으로 3조 6500억 원)는 어떻게 다른가?"

누가 이렇게 묻는다면 어떻게 대답할까? 어떤 사람은 대답할 가치도 없다고 일축할 테고, 어떤 사람은 난센스 퀴즈에 도전하는 심정으로 한 번쯤 생각에 잠기기도 할 것이다. 31억 7000만 달러, 워런 버핏이 한 번에 기부한 금액이다. 그걸로 지금까지 그의 누적 기부액이 31조 원을 돌파했다고 한다.

많이 가졌으니 많이 기부할 수 있을 거라고? 틀린 얘기는 아니다. 그렇지만 많이 가졌다고 누구나 많이 기부하는 것은 아니다. 워런 버핏에게 기부를 강요한 사람은 아무도 없다. 보통 사람은 상상할 수도 없는 금액을 보통 사람은 상상하기도 힘들 만큼 많이 가졌으니 흔쾌히 기부할 수 있다고 생각한다면, 그야말로 난센스이다. 세상에는 많이 가졌지만 나눌 줄 모르는 사람이 셀 수도 없이 많으니까.

반면에 지금 가진 100원이 전부인 사람이 100원을 기부한다면 그 무게는 얼마만큼일까? 기꺼이 나누는 그 사람의 마음이 워런 버핏과 다를까? 100원과 31억 7000만 달러라는 액수 차이만큼 그 마음도 까마득하게 차이가 날까? 확실한 사실 한 가지는, 그 사람의 100원보다 훨씬 더 많이 가졌지만 100원도 나누지 않는 사람이 헤아릴 수 없이 많다는 것이다.

과연 나누는 마음은 어떤 것일까? 어떤 마음이기에 나눌까? 지금 당장 워런 버핏에게 물어볼 수는 없지만 더빛 친구들에게서 대답을 들을 수는 있다.

박진 _ 나눔이란 꼭 물질로 돕는 것만이 아니라고 생각합니다. 형편이 어려운 어린 환자들이 주변에 많다는 걸 알리는 것만으로도 큰 도움이 될 것입니다. 돈이 없어서 치료를 못 받는 어린이들을 위해 직접 디자인한 제품을 제작하고 판매해서 벌어들인 수익금 전액을 기부한다는 동아리 취지만 설명해 줘도 어린이 환자에 관심이 없던 사람들에게 작은 충격으로 다가갈 수 있습니다.

김진현 _ 나눔이란 어디서나 쉽게 할 수 있는 행동이라는 걸 많은 사람들이 깨달았으면 좋겠습니다. 학생인 저도 하는 것처럼 조그만 배려에서 시작해 보는 건 어떨까요? 아침 일찍 이웃집 마당을 쓸어 주는 것, 새벽부터 일하는 환경미화원들에게 먼저 인사를 건네는 것, 그렇게 작고 사소한 배려가 모여 나눔이 되고, 그 나눔이 모여 따뜻하고 정겨운 사회를 만든다고 생각합니다.

김지훈 _ 작은 관심만 있으면 누구나 나눌 수 있습니다. 저는 제가 하는 일이 단순히 제품을 제작하는 게 아니라 누군가에게 힘이 되는 일의 발판이고, 누군가에게는 아름다운 사회에의 희망을 보여 주는 것이라고 생각합니다. 덕분에 즐거운 마음으로 활동하고 있어요.

조윤상 _ 처음에는 나눔이란 제가 가진 것 중 한 부분을 떼어 내서 누군가에게 주는 것이라고 생각했습니다. 뭔가를 잃어버리는 일이라고 여긴 거죠. 그런데 제 스스로 노력해서 번 돈을 기부해 보니 제 것을 주는 게 아니라 순환시키는 일이라는 걸 깨달았습니다. 나눔은 아무리 작아도 좋습니다. 그 안에 '진심'이라는 커다란 마음만 담기면 됩니다.

한상진 _ 나눔을 일방적인 활동으로 보는 건 잘못인 것 같아요. 저희는 창의적인 아이디어를 바탕으로 제품을 만듭니다. 그래서 소비자는 우리 물건을 사는 것으로 이익을 얻고, 저희는 그 수익금을 기부합니다. 이렇게 더빛과 소비자는 서로 이어져 있습니다. 따라서 더빛의 나눔은 모두 같이 만들어 가는 활동이라고 표현하고 싶습니다.

김석희 _ 저는 우리 모두가 공동체의 일원이라고 생각합니다. 다양한 사람들이 수많은 관계를 이루며 살아가는 공동체요. 나 혼자 살아가는 게 아니라 모두 함께 살아가는 거죠. 그런 의미에서 다른 사람을 돕고 내가 가진 것을 나누는 것은 공동체를 존속시키는 힘이자 중심 가치입니다. 또한 나 자신을 존속시키는 기반이자 살아가게 하는 원동력이 됩니다. 이런 공동체에서 제가 하는 작은 행동이 저 멀리 있는 누군가를 웃게 하고 행복하게 만든다면 보람찬 일 아니겠습니까?

브라질 어느 숲에서 나비 한 마리가 팔랑, 날갯짓을 했다. 부드럽고 연약한 날갯짓. 한 번의 펄럭임. 그것이 미국 텍사스 지역에 토네이도를 발생시킬 수도 있다는 예측을, 지금 막 날개를 펄럭이는 나비를 보는 순간에 할 수 있는 사람이 있을까?

'더빛'이라는 모임이 있다. 세종과학예술영재학교의 동아리 이름이다. '더빛'이라는 나비 한 마리가 부드럽고 연약한 날갯짓을 시작했을 때 그것이 아픈 어린이들을 위로하는 따뜻한 바람을 불러일으킬 것이라는 예측을 한 사람은 아무도 없었다. 그 순간에는.

이런 큰 바람을 일으킨 더빛 친구들을 따뜻한 눈으로 지켜보는 것, 또 다른 나눔의 시작이다.

Thanks To

나눔에 익숙한 이들이 빼놓지 않고 하는 말이 있다.

준다고 생각하고 시작했는데 알고 보니 받는 게 더 많다, 돕는 줄 알았는데 도움을 받고 있다는 걸 깨닫게 된다, 이런 말들이다.

더빛 친구들이 나눔 활동을 해 오며 배운 게 있다면 바로 그것이다. '더빛'에 고마워하는 이들이 생겨났다. 하지만 시간이 갈수록 친구들은 고맙다는 인사를 받기보다 진심으로 고개 숙여 고마운 인사를 드리고 싶은 대상을 더 많이 발견해 갔다.

공부만 열심히 해도 시간이 모자랄 아이들이 동아리 활동에 온통 시간을 뺏겨 처음엔 걱정을 많이 했으나 오래지 않아 가장 열렬한 응원단이 되어 준 부모님들.

수업뿐 아니라 동아리 활동에서도 더빛 친구들을 이끌어 준 선생님들.

더빛의 활동을 따뜻한 시선으로 지켜보고 널리 알려 준 언론인들.

미래 사회를 이끌어 갈 학생들로서 사회의 약자를 돌아보는 마음을 잃지 말라고 당부하고 격려해 준 여러 어른들.

그리고 다음과 같은 인터넷 댓글로 더빛 친구들을 응원해 준 이름 모를 수많은 분들.

정말 따뜻한 마음을 가진 예쁜 친구들이네요.

같은 학생의 입장에서, 고등학생이라는 신분으로 힘을 모아 스스로 난치병 아이들을 도우려 한 점이 대단하게 느껴지네요. 앞으로도 이렇게 좋은 활동 지속적으로 이어 나가길 응원하겠습니다. 파이팅!!

같은 학생으로 언니 오빠들을 응원합니다. 직접 만든 상품을 팔아 기부를 하고 그 기부를 다른 곳에서 이어받아 또 다른 기부를 하고……. 기부란 가까운 곳에 있다는 사실을 깨달았습니다.

어려운 이웃들을 생각하는 이런 학생들이 있다는 게 참 기분 좋습니다. 대한민국 미래가 밝네요.

청소년들이 이런 의미 있는 일을 직접 기획하고 그걸 또 해내서 전국적인 움직임으로 확산시키는 게 결코 쉬운 일은 아닙니다. 그럼에도 불구하고 이런 일들을 실현해 내고 있는 학생들이 있어 대한민국이 빛나고 더 빛날 것이고 계속 빛나지 않을까 싶습니다. 항상 응원하겠습니다.

대학 진학만 중요시하는 우리 사회에서 고등학생이 기부 활동을 위해 이렇게 노력하는 경우는 정말 드문데, 학생들이 정말 멋지다고 생각합니다. 그리고 '누구나 나눔의 주체가 될 수 있다'는 말이 인상 깊네요. 앞으로도 가치 있는 많은 활동을 통해 사회의 빛이 되기를 바랍니다. 항상 응원할게요!

우리 고등학생들의 따뜻한 마음이 메마른 사회에 단비 역할을 하여 사회적 약자나 사각지대에 놓여 있는 이에게 도움과 관심이 이어지길 바랍니다. 토닥토닥. 저 역시 더빛을 응원합니다.

이렇게 넘치는 칭찬을 받으며 더빛 친구들은 지금 자신들이 하는 일이 얼마나 가치 있는 것인지를 깨달았다. 혹시라도 생색용으로 이용해서는 안 되는 가치라는 걸. 그리고 진심으로 인사드릴 줄 알게 되었다.

"고맙습니다."

THE BIT

더빛 창립 멤버

1. 회의

'비판 없는 브레인스토밍' 형식으로 아이디어는 공유, 디스는 노!

2. 도면 그리기

가장 신경 쓴 것은 수치. 오류와 불량은 대부분 잘못된 수치에서 발생하기 때문이다.

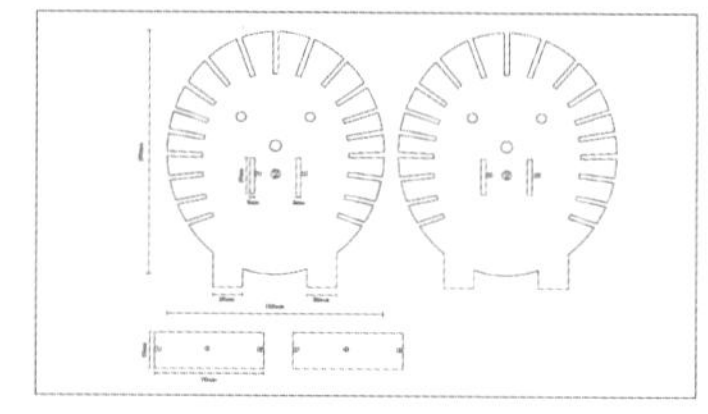

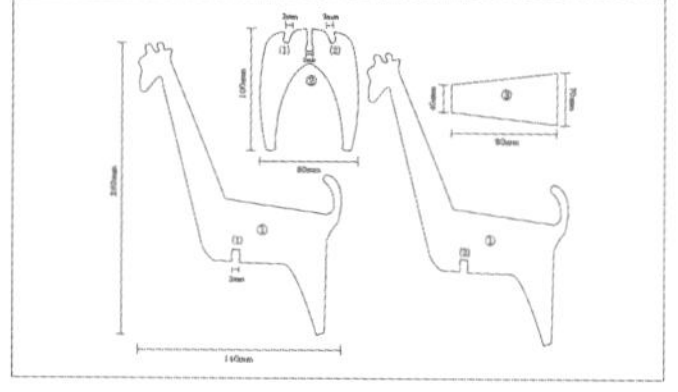

3. 제작하기

주말도 반납, 밤잠도 반납.

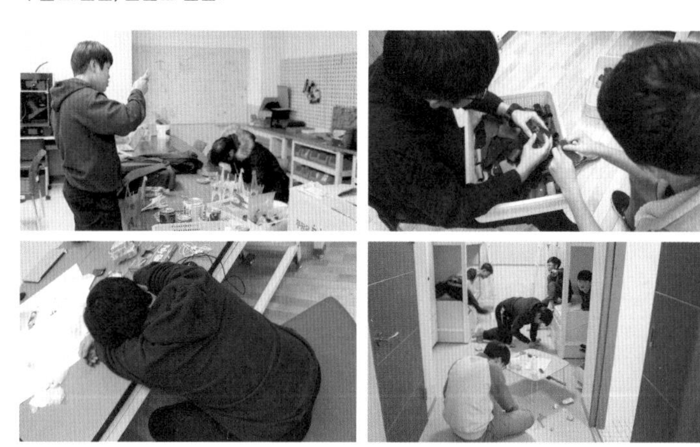

4. 플리마켓 판매

오세요, 보세요, 사세요!

5. 기부

더빛 THE BIT가 '세상의 빛'이 되는 순간.

THE BIT

더빛은 오늘도 나눔 정주행!

동아리 신입 부원 모집

신입 부원 모집에 뜻밖에도 많은 지원자가 몰렸다.

고생하는 동아리인데 왜 이렇게 인기를 끄는 걸까?

다른 학교 친구들과 함께

나눔 활동에 뜻을 같이하는 여러 학교 동아리와 협업을 모색했고,

이 연대는 '전국학생사회환원동아리연합체'로 이어졌다.

더빛의 고품질 수제품은 무엇?

가죽 이어폰 케이스 Meister case

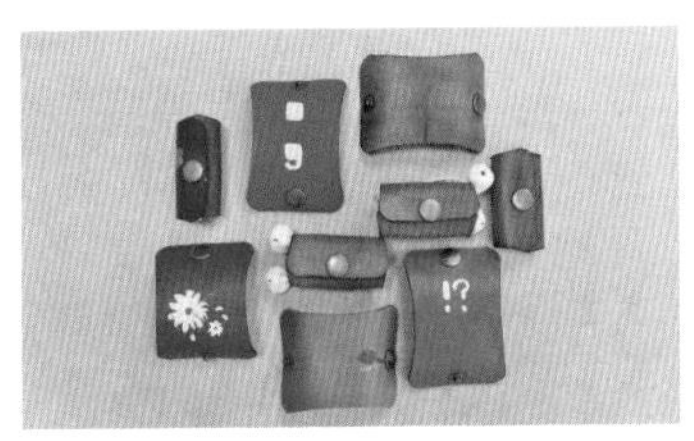

스마트폰 거치대 Safari

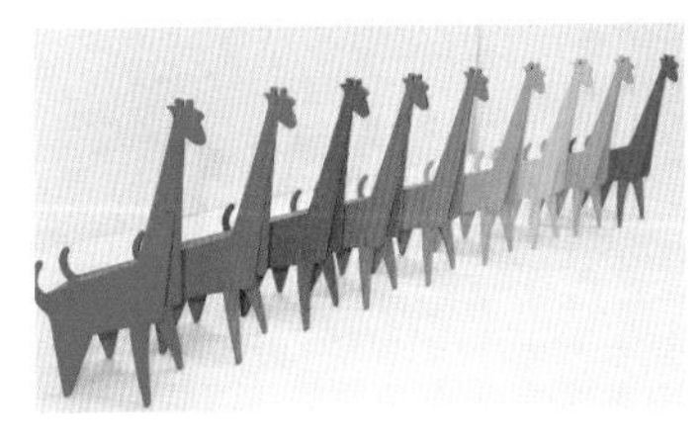

명함 겸 연필꽂이 Memory holder

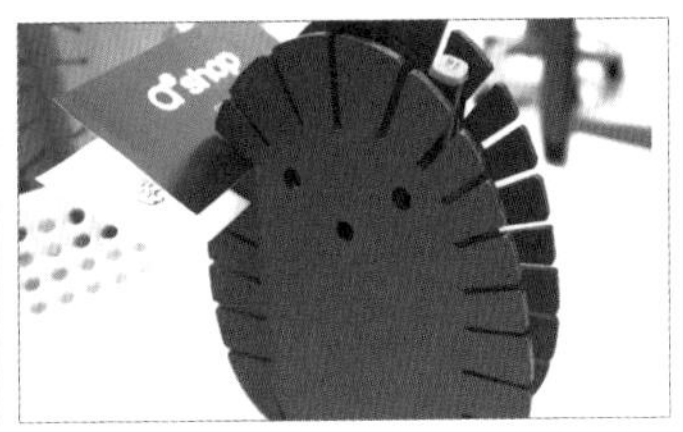

유아용 퍼즐 Puzzle for kids

램프 Mood light

THE BIT

더빛 잇템 '이어폰 케이스'는 어떻게 만들어질까?

1. 도면 그리기

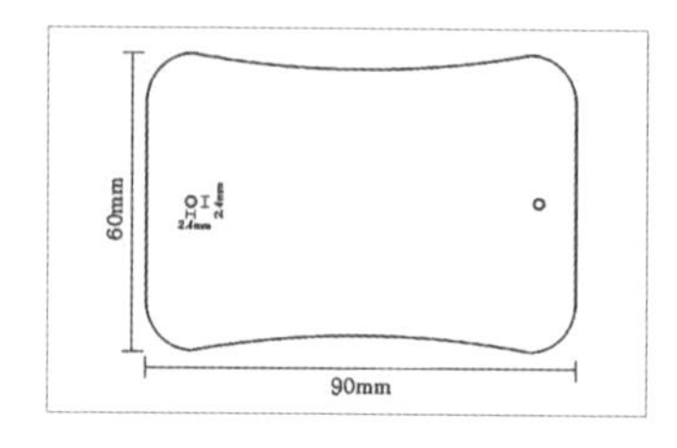

2. 가죽 자르기

3. 염색하기

4. 건조시키기

5. 광택 내기

6. 단추 달기

7. 마무리

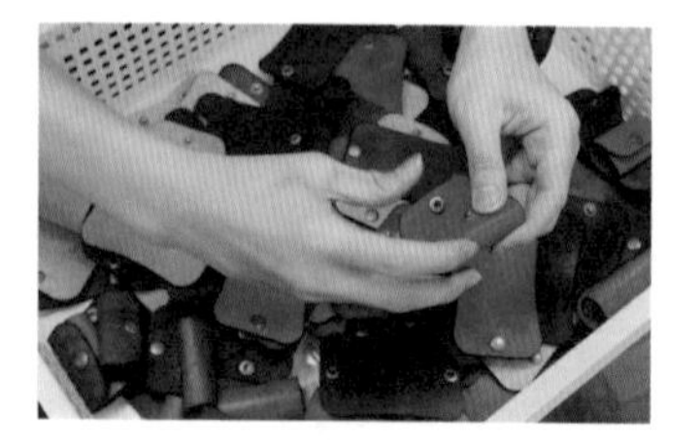

8. 가죽 이어폰 케이스 완성

추천사

더빛, 좁은 책상에 갇혀 있는
수많은 청춘들에게 큰 빛이 되길!

여기 한 편의 이야기가 있다. 마음을 울리는 성장 드라마이고, 특별한 삶을 보여 주는 다큐멘터리다. 쉽게 이룰 수 없는 꿈같은 이야기지만, 그런 꿈을 꿀 수 있게 하는 가슴 설레는 이야기다.

우리 교육은 열일곱 청춘을 어린아이로 만들어 버렸다. 불과 한 세기 전만 해도 열일곱이면 만주벌판을 내달리며 독립운동을 했을 나이다. 우리의 낡은 교육이 그들의 꿈을 좁은 책상 위에 가두어 버렸다. 그럼에도 청춘은 꿈틀댄다. 과거가 만들어 놓은 낡은 틀을 깨고 그들의 세상을 만들어 간다. 나는 '더빛'의 이야기에서 사회 환원 디자인 동아리의 아름다운 성장기를 넘어 우리 교육이 깨뜨려야 할 벽, 그 너머 미래를 본다. 그래서 가슴이 설렌다.

'더빛'은 조각보 같은 동아리를 꿈꾼다. 자투리를 모아 만든 조각보는 최고급 천을 쓰지 않아도, 장인의 손길을 거치지 않아도 쓸모 있는 물건으로 재탄생하며, 또한 모든 것을 감싸는 포용의 아름다움을 지녔다. '더빛'은 각자 잘하는 것, 하고 싶은 것을 하면서 서로 도와 가는 공동체이다. 세종교육이 기르고자 하는 인재 '생각하는 사람, 참여하는 시민'은 스스로 생각하고 행동하며, 더불어 사는 세상을 위해 참여하는 민주 시민을 말한다. 바로 '더빛'의 정신이다.

'더빛'의 이야기는 학교가 어떤 곳이어야 하는지를 보여 준다. 학교는 정해진 답을 가르치고 무조건 따르기만을 요구하면서 아이들을 길들이는 곳이 아니라, 학생들이 하고 싶은 것을 마음껏 펼칠 수 있도록 도와주는 곳이어야 한다. '더빛'은 우리가 꿈꾸는 학교의 모습을 스스로 만들어 냈다. 선생님들의 열린 마음이 있었기에 가능한 일이었다. 미래 사회는 과거 세대가 겪어 온 산업화 시대와는 완전히 달라질 것이다. 천 명에게는 천 개의 길이 있다. 한 개의 정답이 아니라 서로 다른 천 개의 답이 있을 수 있다. 그 천 개의 상상이 가능한 곳이 학교여야 한다.

대한민국의 많은 학부모들, 선생님들, 그리고 누구보다 학생들이 이 책을 꼭 읽었으면 좋겠다. 미래를 준비한다는 구실로 현재의 삶과 행복, 시민으로서의 참여와 실천을 옭아매어 두는 낡은 교육을 끝내는 일에 더 많은 학부모, 선생님, 학생들의 마음이 모아지기를 바란다.

나비의 작은 날갯짓이 거대한 태풍을 만들어 내듯이, '더빛'의 이야기가 좁은 책상에 갇혀 있는 이 땅의 수많은 청춘들에게 큰 빛이 되었으면 좋겠다. 열일곱의 당당한 모험과 도전으로 우리 교육의 미래를 앞당겨 보여 준 '더빛' 친구들에게 고맙다.

2018년 7월

세종특별자치시 교육감

최교진

지식은 모험이다 14

열일곱의 나눔 공작소

처음 인쇄한 날 2018년 7월 15일
처음 펴낸 날 2018년 7월 25일

글 박수현
펴낸이 이은수
편집 오지명
교정 송혜주
디자인 효효 스튜디오
펴낸곳 오유아이(초록개구리)
등록 출판등록 2015년 9월 24일(제300-2015-147호)
주소 서울시 종로구 진흥로 452, 3층
전화 02-6385-9930
팩스 0303-3443-9930
페이스북 www.facebook.com/greenfrog.pub

ISBN 979-11-5782-068-9 44810
ISBN 978-89-92161-61-9 (세트)

이 도서의 국립중앙도서관 출판시도서목록(CIP)은 서지정보유통지원시스템 홈페이지(http://seoji.nl.go.kr)와 국가자료공동목록시스템(http://www.nl.go.kr/kolisnet)에서 이용하실 수 있습니다.(CIP제어번호: CIP 2018020289)